U0669319

新时代诗库

新工业叙事

龙小龙 著

中国言实出版社

图书在版编目(CIP)数据

新工业叙事 / 龙小龙著 . -- 北京 : 中国言实出版社 , 2021.12

ISBN 978-7-5171-3973-7

Ⅰ . ①新… Ⅱ . ①龙… Ⅲ . ①诗集 – 中国 – 当代 Ⅳ . ① I227

中国版本图书馆 CIP 数据核字（2021）第 262710 号

新工业叙事

出 版 人：王昕朋
责任编辑：肖 彭
责任校对：赵 歌

出版发行：中国言实出版社

地 址：北京市朝阳区北苑路180号加利大厦5号楼105室
邮 编：100101
编辑部：北京市海淀区花园路6号院B座6层
邮 编：100088
电 话：64924853（总编室） 64924716（发行部）
网 址：www.zgyscbs.cn E-mail：zgyscbs@263.net

经 销：新华书店
印 刷：北京中科印刷有限公司
版 次：2022年1月第1版 2023年4月第2次印刷
规 格：880毫米 × 1230毫米 1/32 6.125印张
字 数：190千字

定 价：58.00元
书 号：ISBN 978-7-5171-3973-7

《新时代诗库》编委会

龙小龙，七零后，现居乐山，四川南充人。中国作家协会会员，鲁迅文学院新时代诗歌高研班学员。1989年开始发表作品。作品散见于《诗刊》《中国诗歌》《星星》等数十家刊物。著有诗集《诗意的行走》，散文诗集《自然的倾诉》。

有作品入选《当代华语诗人》《中国当代短诗选》《先锋：百年工人诗歌》等多种选本。在全国诗歌征文大赛中获奖上百次。

Long Xiaolong, born after 1970s in Nanchong, Sichuan Province, and now lives in Leshan. He is a member of the China Writers Association, a student of the New Era Poetry Advanced Study Class of Lu Xun College of Literature. Long began to publish literature works from 1989. His works are published in dozens of publications including *Poetry Periodical, Chinese Poetry, Star,* etc. He is the author of a collection of poems *Wandering Poetically* and a collection of prose poems *Nature's Talk*.

Some of his works have been selected into various anthologies including *Contemporary Chinese Poets, Selected Contemporary Chinese Short Poems, Pioneer: A Hundred Years of Workers' Poems.* He has won hundreds of awards in the National Poetry Essay Competitions.

感受时代的律动（代序）

龙小龙

在考虑在集子前面写一点什么时，我不假思索地写下了这个题目。

近三十年来，因工作岗位的变化，我走遍了祖国的大江南北，始终没有摆脱在企业里面打工的“宿命”，与其说颠簸劳碌、疲于为生计而奔走，不如换一种角度和思维来看，我那是在感受岁月的起伏辗转，随时代脉搏一起律动。

在这个过程中，作为一名从基层逐渐成长起来的民营企业管理者，我对于工厂、工业、工人这些词语太熟悉了，也渐渐形成了自己的理解和认知。先前，我在比较小的企业里做人事行政事务管理，那些企业，一般规模都不大，不超过三百人，在工作八小时内外，我与乡村父老打交道较多，跟他们交流十分亲近。厂里的工人们大部分来自周边的村镇，农忙时回家种地，闲时就近务工，日子和谐而安逸，但是实事求是地说，不少企业管理比较粗放、随意。然后，我跨界进入重化工领域，感受到了另一番景象，厂区建筑物高大雄壮，管道、罐体、反应釜，忙碌的工人大部分还是农家子弟，但是他们一个个特别有能耐，粗中有细，不少还从事精细、高技术含量的工作。

在光伏新能源领域的近八年时间，我对于这个几乎能够代表我国工业发展兴衰起伏和国际境遇的产业，有了较深刻的认识。

先前，我对光伏这个概念也是陌生的，后来才明白，就是利用太阳能电池半导体材料的光伏效应，将太阳光辐射能直接转换为电能的一种新型发电系统。在产业链上游的多晶硅领域生产企业，最具标志性的建筑是高高低低矗立的精馏塔，形象地说，精馏塔的功能就是“精准抓获两个混在十四亿人群中的坏蛋”。光伏起源于多晶硅制造，而多晶硅是技术门槛高、管理难度大、投资额度高的环节，是电子工业和太阳能光伏产业的基础原料。那时候的光伏产业“三头在外”：原料在外、市场在外、设备在外，2010 年，因为欧美发起“双反”，让我国光伏产业饿殍遍野。为应对“双反”，我国开始产业结构调整，国内市场正式开启，光伏行业也开始转向“国内大循环”。

你知道太阳每一秒给我们提供了多少能量吗？每秒能量相当于 472 亿度电，或者 1000 多万座三峡大坝发电总量。人类在宇宙中是渺小的，对能量的利用也极其微小。

每一天，阳光无私地照耀大地，养育了亿万多姿多彩的生命，如果没有阳光，所有的生命都将凋亡。对于阳光的恩赐，我们怎能不珍惜、热爱和敬仰。

2012 年，十八大的春风吹拂，从此进入新时代。据我所知，我国光伏产业迎来新的生机，上游领域为数不多的晶硅企业开始卧薪尝胆、苦练内功，以突破欧美的技术封锁，并甩掉“高污染、高耗能”的帽子。十年磨一剑，如今，我国实现了中国光伏制造业世界第一、中国光伏发电装机量世界第一、中国光伏发电量世界第一，三项“世界第一”，我国的光伏市场百分之百被国内企业掌握，国际市场也是独占鳌头，当前排名前十的世界光伏企业，中国占了一大半。这其中，自强不息的中国力量和创新发展的科技智慧令人感叹。

实力代表尊严。

新时代的现代化工厂一定是管理规范、干净整洁、布局有序，没有异味、没有跑冒滴漏，厂区如花园一般美丽。每一次看到穿着蓝色、白色或红色工服，带着蓝色、黄色或红色安全帽的他们，一种敬意油然而生。他们有的是科研人员、有的是技术工人、还有主控操作和一线巡检员，就是他们，不断刷新了行业纪录，改变了被欧美“卡脖子”局面，并默默无闻地推动产业向更高更远的目标挺进。新时代的企业是有情怀和格局的，有强烈的使命感和责任心。“双碳”目标的宣布，体现了中国在全球能源革命、在全球气候治理中的大国担当，光伏产业迎来更加美好的前景，一批批领跑的工业企业干劲十足，焕发出空前高涨的激情与活力，置身其中，深受感染。

这本集子里面收录了近年来陆续创作的诗歌，大部分是与我实际工作相关联的人和事物，也有部分因公出差、学习或考察后的所见所感。对于诗集的名字，我想，就用我在《诗刊》上发的一组诗歌题目《新工业叙事》好了，许多作品近年来受到了不少评论家老师和诗人朋友的关注、厚爱和好评，有的入选了多种重要诗歌选本，甚至将我和王二冬等著名诗人称为中国“新工业诗”的标志现象。说到《诗刊》，我始终深怀感恩和敬意，因为《诗刊》是我年轻时代就神往的诗歌殿堂，但曾经不知道门朝东门朝西，在作品没达到一定水平的时候，我就一直抱着试一试的心态投稿，屡投不中，但我没有气馁，而是在失败中不断总结学习、领悟提升，然后坚持不懈，终于得到了认可。《诗刊》连续四年都刊发了我的“新时代工业诗”，给予了我极大的鼓励。

我曾经对自己说，作为新时代的文化工作者，理所应当抒写身边熟悉的事物，讴歌这个伟大的时代。秉持正确的价值观和人生观，倡导良好社会风尚，推动社会文明化进程。坚持民族性和人民性，创作出广大群众所喜闻乐见的文艺作品，为中国特色的社会主义现代化建设提供精神动力。

由于人生观世界观价值观不同，一直存在唱衰中国的声音，他们总是满脑子西方某些颜色的幻梦。我也欣慰地看到，特别是新时期的中国中青年是非常活跃的生力军，他们的爱国主义意识非常强烈，用行动维护祖国尊严，成为推动社会日新月异发展的重要力量，正是这些“后浪”，挺起中华民族的脊梁，是中国梦的希望。作为一名中国作家，不应该在那里臆想、道听途说、无病呻吟，不应该刻意放大阴暗、扭曲价值，而应该充满阳光、充满热情，应当用心去感悟，用行动去体验，用笔去讴歌！投身于伟大时代，立足于本职工作，放眼于美好明天。在滚滚的历史大潮中，起码我可以做小小的浪花一朵。

其实还有很多很多跟我一样的作家老师和朋友，利用业余时间进行文学创作，他们比我更具有丰富的实践经验，更深刻地理解了文学的民族性和人民性。对于此，我们可以自信地说，基本上做到了“脚下有泥，眼里有光，笔下有故事”。

我想，这就是我创作的初衷吧。

目　录

CONTENTS

第二辑　工匠精神

第三辑　蓝天下仰望

第一辑

写意：中国工业园

“硅”向未来

曾几何时，我在深思
该怎样表达对浩瀚宇宙的敬仰与尊崇
我也曾叩问
是谁造就了这颗美丽的蓝色星球

时空深邃，人类文明生生不息
当我们仰望一切
当我们俯瞰这片辽阔无边的大地
赐予芬芳的神奇沃土
歌颂海阔天空，长河落日
谁能紧紧握住，稍纵即逝的光阴

因为神圣
所以感动

一颗小小的沙砾
却是蕴含巨大能量的生命场

以不同的意识形态
形而上和形而下的多种方式
帮助人类抵达更深层次的思想和智慧的境界
飞越一座又一座精神巅峰

在半导体技术引领下
它们化身智慧大脑和数字传输的桥梁
每一个因子
都在酝酿、在蓄积超越时空的灵感
在能源大变革和信息大爆炸的时代
作为光伏发电的灵魂
硅和它的子民，举着无处不在的阳光之旗
照亮整个世界

当追逐绿色生态的方式成为生活主流
硅，不负文明使者的担当
构建起清洁低碳、安全高效的现代能源体系
汽车电动化、能源消费电力化
电力生产清洁化
所有的燃烧都转化成零碳排放
所有的喧嚣归于平静
让科学的高度抵达哲学神学的终极思辨

低眉颔首，凝眸现实

我们怡然自得地走过绿色田园
我们穿越渔光小镇
光伏与智慧工业农业遍布大江南北
我们光明正大地在阳光下相拥相依
饮着幸福的泪水
感受人与自然的和谐共生

取之不尽、用之不竭的太阳能啊
通过硅的高效传递
为人类提供持久的生命力
创造无限可能的人工智能
赐予我们磅礴的力量
为人类社会发展贡献无穷的智慧

从清洁低碳到安全高效，
从能源产业到信息产业，
在我们看得见的未来
科技与文明得到深度融合
走向人类命运共同体的目标
属于硅的新时代已经来临了

带着千万个为什么
解码昨天和今天的因果关联
万物蓬勃的规律和趋势

探索宇宙的奥秘

一起回归自然，也一起面向更多的未知世界

追光者

历史，苍穹一样，深邃浩渺
漂浮的炽烈星球，不过是沧海一粟
但它赐予人类的光芒
能量之大，超乎想象的极限

从它出现开始，人类对能量的追求
就从未停止。1964 年
群山苍茫之间，矗立的厂房群落
肩负微电子信息技术自主攻关的追光者
——代号“七三九”

硅，大自然存量最多的元素之一
每一颗砂，都像一枚刚毅而方正的中国文字
都在沉寂中呐喊
亿万光电粒子在多相态的流速中转型

异邦的私欲与偏见，封锁了技术通道

中国科研的舟舰在探索中行进
比起北半球
我们的黎明被黑夜整整延迟了十年

十年不晚。之后的十年、二十年、五十年
我们始终在以追光者的名义
告诉所有热爱光明的生灵
世界的格局正沿着一种笃定的信仰改变

中国制造的高纯晶硅

我看见一种有形或者无形的力量
集合着一支队伍
某种一盘散沙的状态终于凝聚成固体物质
具有前所未有的质感和硬度
引领着时代的元素周期

我看见原始的蛮荒与粗野
经过洗礼、合成、精馏、冷凝和还原
经过深层次的围炉夜话
达成了一次又一次的理解与默契
弯曲的道路被工匠精神的热情拉成了
笔直的梦想

我看见种植的黑森林，和小颗粒的阳光
中国的金钥匙，打开了西方的封锁
那闪烁的半导体，正满怀笃定的信念
走向岁月的辽阔

有一种建筑叫作还原炉

排布整齐的团队
从一座座银色的熔炼炉
小小的玻璃窗
可以看到那些燃烧的信念和理想
形成声势浩大的正能量

一座座晶硅还原炉
就是一个一个倒扣的小宇宙
酝酿着万物生机
是的，大凡高贵的品质
都是外表冷漠，内心多情而炙热

俨然岁月的熔炉。当高压下的电极
闪电一般穿透了化合的状态
析出游离态的晶亮
像纯洁的辞藻，沿着火红的诗意
幸福地生长

高高矗立的精馏塔

一支支矗立向上的大手笔
有力度也有性格
仿佛随时可以饱蘸白云和风雨
抒写一曲大地之歌

但又像水彩画
简约，唯美，而不失灵动
是写意的山峰或挺拔的工业树
站在风里倾听江河

我曾不止一次地在塔前留影
将高高的精馏塔
几何的图案
作为人生最生动的背景

一种静止的高度
在蓝天下，发出耀目的银光

再写精馏塔

高高低低的塔体
是地标，指示着春天的方向
像排箫，吹奏着金色阳光的曲目

每一根钢管的体内
都述说着火眼金睛的神奇
和纷繁浩大的宇宙演变

精馏是物质提纯的核心担当环节
分离气相，去掉杂质
“相当于要在十亿人群中
抓获一个深藏不露的坏人”

当你了解到它们的伟大
你看到的将不再是高耸的钢筋铁骨
不再是冷硬的多级管
而是一种
矗立人间的凛然正气

高纯晶硅硅棒

刚从熔炉中走出来的时候
我便抑制不住激动了
健硕的硅棒，有一种涅槃后的强大气场
直逼人的内心

多少个轮回和迂回
成就了它完美的精度和温润如玉的光泽
那质地，分明是
用汗水蒸发的荣耀和内涵

它的能量无以表述
据说，切开神奇的硅棒
就能够得到一片片深邃的海洋
一方方洁净的天空

梦想

天，不在天上
在比天空还要浩瀚的心里

地，不在地上
在比大地还要宽厚的肩上

人，不在天地之间
而在超越了时间和空间的舞台

我们用双手捧着阳光
梦想在蓝色智慧中奔腾着万顷能量

蕴含阳光的内核

我看见远方的沸腾
也看见远方在静静地等待
等待一种叫作硅片的物质
将一片一片蓝天覆盖在辽阔的水面上
用身体的全部
激活它们构思已久的梦想

一片整装待发的多晶硅
内心热烈地运行着
与伙伴们结盟成整齐划一的团队
每一颗奔突的晶粒
用蕴含阳光的内核
重新定义新时代的渔火星光

项目地

我们记得那个日子
当五星红旗和企业的旗帜插在这片土地
春天正经过一片荒凉地带
经过单薄的彩钢房
一种温暖，像雪落无痕
将最后的寒冷，贴在蓝色的门窗上

对于这种美好的预感
我们每个人都懂得，并且相信
不久便有一群来自四面八方的鸟
来这里筑巢，繁衍
把草籽洒满草地，让梦想在蓝色的风里升腾
然后骑马射箭，吃手把肉，喝马奶酒
敞开嗓子哼一曲蒙古长调

事实上，冬天已经节节溃退，小草泛绿了
工友们脸上抑制不住的喜悦

在旷野里奔跑
他们编织着短信
交给马群、牛羊，交给苏醒过来的河流
他们已经做好准备
塔吊、卷扬机，电锤
焊火闪烁的弧光，机械化的装备
即将运用循环流淌的逻辑
在平静的高原掀起一场声势浩大的工业革命

说到工期结束后
我最想做的事情是什么
领着儿子在厂房中巡查
在操场的绿茵地海阔天空
让他知道
一枚种子怎样发芽，怎样开出花朵
让他阅读我肩膀上的汗渍
打开我骨头里的痛风
帮我喂养体内的蒙古马，一个奔跑的梦

这里将生长出更多的漂亮房子
每间房子都蓄满阳光
并且，我要让不断上升的白色火苗，在蓝天下
将所有的疲累以及乡愁煅烧
让父母远在千里之外都能听到我的心跳
听到，我为他们奉献的说唱

工业三明

风一吹，发黄的管道就绿了
风一吹，起伏坎坷的板材就平坦宽阔了
很多不可能的等式就这样成立
设想的幻听就这样实现了

以三明为中点，画一幅现代主义的宏图
东依福州，西毗江西
南邻泉州，北傍南平
白云是天空翅膀上的点缀
翅膀下面是大海，大海托举蔚蓝色的梦
梦里是关于工业发展的热度
或者关于一座小城卸掉沉重的铠甲之后
毫无悬念的腾飞
消减了三明的古老和沉重之老气横秋
却平添了新时代的自由与轻灵

——诚然，鸟瞰三明

我的视线难免会产生一种微微的疼痛
更多的是惊喜和振奋
仿佛，炙热的火焰或电流
将偌大的中国地图灼烧出一个世界之窗
发出七色缤纷的光芒
南国时空赋予了崭新而前卫的中国属性

厂区大道

人车分流，各行其道
井然有序的生态，源于民众对规律的遵循
对秩序的认同，对平安的理解
彼此尊重，便达成互不伤害的条件前提

这是一条最受大家欢迎的宽带
绿色，正向，承载着城乡大融合的时代感
随意诞生的话题轻松自如
还可以缓释一切沉重、压抑的季节之殇

道路呈平行线向前延伸
两边整齐地排列着小花盆
每天上下班，穿着工装的职工们气宇轩昂
就像亲朋好友举着鲜花夹道欢迎的场景

每一天，工厂与家庭，互为起点和终点
人生轨迹越简单越好

来回奔波于内心的康庄大道

我们走得匆匆忙忙，也走得从容镇定

硅板

这是不染尘埃的一片初心
在阳光的淬炼中
脱颖而出，又将回到阳光的照耀里

褪去炙热的那一刹那
它在电光火石中顿悟了奋斗的内涵
但凡低调的人
看一切都在值得仰望的高度

真正高尚的人
体内和体外永远保持一致的洁净
六元素、八元素
硅族之外的物质和非物质
顶多就是一个化学分析的概念

它将驻足打量崇山峻岭
与清风白云交流

与放牧牛羊的山民愉快地对歌
也将在水面上翩然起舞
为成长的淡水鱼撑开一面蓝天

它将在太空中飞行
造访火星、天狼星、冥王星
或与亿万光年之外来一次完美会晤
接近无限的遥远

云签约

“隔离，屏蔽不了沟通
疫情，更阻挡不了发展”
这两句话熟悉，出自于一名企业家之口
坚定而铿锵有力
我真的觉得特别特别好听

会议室。湛蓝色的大屏幕一分为二
像天空与大海并坐
嘹亮的国歌令人心潮起伏
戴着口罩，目光相握，隔空问好
然后，甲方乙方在掌声中郑重签下名字

于是，春风通过电波吹拂
庚子年三月，又一块土地将火热起来了
神奇的互联网，把天涯拉成了咫尺
把坐标轴上，开口向下垂落的经济曲线
拉成了逆势上扬的直线

网络云。不是一个陌生的概念
只不过把我们小时候的幻梦变成了现实
驻扎凡尘的不是神
是实实在在的巴蜀子民
也是耕耘于天府城乡田畴的仁人志士

一堆煤渣

它们骨头里的火焰正在走向燃烧或者熄灭
与风一起
消失。把一种芒刺的尖锐感藏在身后

我深信，它的青春和热血会被苍天全部收走
将被重新进行当量整合
重新进行分子排布

一块黯然的煤
就是一座门扉虚掩的黄昏，更像光的偶合物
印象画派中的黎明，吞咽着暗黑

而若干年后，它们又将被太阳
以一种使者的身份
成群结队地自由放逐，重返于人间……

即景

运煤的大卡车排成了长龙
工厂的自动过磅系统不厌其烦地念着车牌号
报着它们经过后测出来的体重
以及相关指标

天空豪放起来，把白大褂随处丢弃
裸露出蔚蓝的胸口
烟囱无烟，直入高空的烟囱像一门迫击炮
成了一种装饰

有人告诉我说——
炉膛里的煤炭
经过脱硫、脱硝等等一系列手段处理后
它的燃烧不能再靠直观来判断

园区一角

蜀地多山
顺势而建的厂房被众山环抱
草木葳蕤，丛林掩映
便成为一种工业与自然和谐相融的景致

如今的化工厂
早已颠覆了一些人陈旧的三观
烟囱不再冒黑烟，装置不再发出刺耳的怒吼
而是一种平静的欣欣向荣

从花开的枝头看过去
一群下班的工人在园区的景点打卡休闲
我叫不出那些浪漫花朵的名字
在个性张扬的时代，谁都可以做做网红

当然，工友们的红
只红在自己那份相对私密却又敞亮的天空

俯瞰

俯瞰，绿色的大地上
厂房、装置、管线、道路以及草坪
构成了现代化工业园
看上去像集成的电路板
我给它赋予一个名字——中国绿色硅谷

行走的工人蚂蚁一般
转运车稍微大些，像甲壳虫
圆形的储罐是银白色的夜明珠
每一个部件都在默默无闻地绽放出温馨的气息
进行着中国制造

而将镜头拉近
林立的精馏塔和吸附柱上的铭牌都历历在目
这些挺拔的工业树
它们正沐浴着三月和风
如雨后春笋，彰显着万物的复苏与蓬勃

车间记

悠扬的旋律源源不断地运载成品半成品
流水作业的生产线
是时间与空间紧密链接的现场
是世间寂静中的沸腾

听说这个车间原本有近百名生产工人
被几名机器人就取替了
但那些下岗的工人并没有下岗
从一线操作岗转移到了高大上的主控岗位

“潜力可以无限开发，从不会到会，干就完了
在我们这里永远没有例外
这些兄弟们早就告别了傻、笨、粗年代”

车间是一个健硕的男人
银亮的铁质肌肉，灵活的吸盘手
红黄蓝的管线则是它的经脉
这种帅法，难怪所有人都会一见倾心

聚合车间

这世间有许多电子、粒子、高分子
我们的肉眼看不见
必须借助第三嗅觉和思维的瞳孔
必须加持智慧的滤镜，和智者的情怀
方能看得清楚

裂变。聚合。不是凭空臆造
一切原料，无论什么颜色，液态、气态或者固态
最初都来源于泥土
它们在一种神秘力量的助推下
进入紧张激烈的时空

在我看来，聚合车间是一所哲学殿堂
聚散离合只是一种相对运动
分分合合，合合分分
就构成了某个时代的精彩绝伦
而无数次壮烈的撕裂，只为一次完美的团聚

在化工厂，聚合车间是一座正能量的反应堆
热能加速了空气的流动
负载水的气体在阳光下变成了云朵
云朵依恋着烟囱
而高高耸立的烟囱，昭示着大地的执着与挺拔

主控楼

每一座制造工厂
必然有一幢建筑叫主控楼
就像每一个鲜活的人体
都有一颗大脑，有丰富的神经中枢系统

四平八稳的楼体看不出与众不同
进入它体内，你会看见一座被抽象的艺术工厂
那些工段、车间和岗位
那些在铁与铁之间来回的工人们
历历在目

所有的管道、塔釜、阀门和仪器仪表
幻化成了形式各异的国际符号
每一个字母和数字，都有特定的象征和隐喻
阡陌纵横的经脉流淌着神奇的介质
就像大地江河
流淌着有形无形的白云清风

我们可以不懂它们的运行法则
但可以清晰地感受到
一座钢铁水泥铸造的庞然大物是如此的可爱
均匀的呼吸，有节律的心跳

管廊和桥架

在管廊和桥架上看风景
跟在村头的小桥上看整座村庄类似
日落月升的轮回
四季花开不败
每一次怀念童年的时候
就有远处的犬吠和牛羊的叫声
轻轻地飘来

我喜欢这工业与农业的现代结合体
阡陌纵横之中
没有了时空的距离感
却有我关于过去与未来的梦呓
蝴蝶和花香翩翩起舞
还有我熟悉的虫声与蝉鸣

这是可以触摸的五线谱
我曾经说，精馏塔是排箫

球罐是大鼓，方格的厂房就是琴键
加上淋洗装置
阳光下、月色中
一场生态的音乐盛典栩栩如生

4.0 工厂

之前的状况和境遇就不说了
说起来都是泪
从 1.0 到 3.0，从傻、笨、粗到精、巧、细
从机械化、电气化到自动化
这个过程有点漫长
现在，我只想说说工业 4.0 是个什么样子

流水线上，你再也看不见忙碌的女工了
而是以一当百的机器人
目不暇接的车间，频繁输送的物件
你再也听不到铁一样沉重的叹息了
从流水线下岗的工人
学会了在屏幕前愉快地交谈
他们的语言，是计算公式、专业代号和程序编码

DCS、ERP、MES、射频识别，大数据植入
超现实的思维方式

决定了快速的行动力与精准目标的一致性
“天下武功，唯快不破”
原来，4.0 就是傲视全球的顶级高手
曾经的我们
都被懒惰与愚昧限制了想象

森林工厂

高远辽阔的天空下
身着蓝色工装戴着安全帽的工人
行走在整洁的厂区道路
与花草树木愉快而自由地交换着呼吸
日子，如此真实和静美
这些身影，为水墨的季节增添了一道景致
宁静，而又不失动感

人们像夸父追日一般匆忙
从球罐区到运行机组，从吸附柱到精馏塔
每天，我在案前与他们平行呼应
从标点到词语，从一个汉字到一个词组
我也会深入到他们中间一起畅游
从此岸到彼岸

这些茁壮生长的工业树
这群精神振作而有秩序的团队组合

钢铁、水泥、绿树、青草
巨大的分子，刷新了海洋的多种存在方式
富氧的森林之国——
真好，梦想在充沛的阳光下拔节
我们的道路
正向远方做无止境的奔跑、可持续的延伸

三钢厂

晴朗的天空下
看清楚了吗，你爱的这副钢铁之躯
具有超能的臂力、热情和肺活量的巨人
它把岁月冶炼成一块块焦炭
把风雨冷轧成卷板
将时光的足迹拧成一股股螺纹的图案

它的影子，让本来温软的沙溪
也呈现出阳刚之美
但有时，也可以看到三钢厂的含蓄和柔性
那一定是在深秋之后
季节寒凉，人们常常在业余陷入怀想
落叶的诗篇盛行，鲜花和掌声背后
白色的水蒸气弥漫成水墨烟云
如纱巾遮掩面容

一座高炉，就是一尊站在高处的女神

外表庄重而满怀火热

不远处，是数十年前遗存的冶炼炉蹲在那里

像极了脊背弯曲的老工人

拄着钢筋拐杖，面对黑褐的铁矿石

一边念念叨叨地说着什么

一边把那些边角余料拾掇得干干净净

豆腐坊记忆

传唱中的那些场景
常常勾起许多古老而悠远的回忆

说的是三明之小，小如磨坊
其转动的年轮发出的吱吱呀呀的声音
城外都能听见
豆腐坊小，能量却大
养活了一代代三明人饥肠辘辘的胃

豆腐坊
以水为阴，以豆为阳
制作出清白的乡土风情
简单、陈陋，做着淳朴美好的梦
而又质朴温良，像摇篮、像孵化器
孵化出现代的工业文明

随着大城市的声浪渐渐兴起

钢铁、水泥、重型卡车、设备制造
集聚成另一种规模生产景观
小城注入成长的加速度

我们的豆腐坊便默默隐退一隅
像一名老人，在夜晚
遥望漫天星斗，看到撒开的豆子颗粒
就仿佛看到了年轻的自己
老人的眼里盛满了慈祥和热泪
关于那些豆腐的故事
像一片雪，一入口就温暖而幸福地融化了

三明科技园

概念化的信息从书本上移植到现实
你曾经想象到的物件
你曾经双手空空进入到的虚拟场景
竟然真切地存在于此

当一座城市
装上 5G 时代的芯片和配套元件
一个人就可以在喧闹中寻求超级的宁静
在宁静中摘取到想要的感慨与繁华
被无所不在的 Wi-Fi 包裹

你跟过去与未来，纵有千丝万缕的瓜葛
都能够理清楚、想明白
古今交错，路归路，桥归桥
眼前的繁华尘世，理想的诗歌与远方
大数据，云计算为你精准服务
不差分毫的结果

前世今生囊括在系统的模块里，随时提取
人工智能管家的参考决策
这一切，多么稔熟而又多么陌生呀
新名词嫁接在古老的工业树上
绽放出绿色的新芽

年富力强的三明对过去和未来的规划层次井然
一面是红色蓬勃的三明
一面是绿色生态的三明
一面是产业化文明进程中的三明
打卡新时代的科技园
三明红了，三明火了，三明帅气亮丽了

纸品厂

抑或，看不出生产气息的工厂装置
才是工业规划的极致
对于眼前的景观，我一直以为
是丛林掩映的农房
是草坪上摆放着蓝色盒子的童话世界

而事实上，它是一座纸品工厂
圆形的水池不叫池塘
倾泻的水流不是江河
纵横的管道不是阡陌
在我眼里，它又是一座集中知识才能的智库

冷热交换原理、安全环保理念
万事万物相克相生的伦理
以及和谐落地的核心价值观和方法论
从绿色中来，到绿色中去
社会哲学的具体实践

它的每一道工序都有明确的职责
分解道义的误区
剔除语言的毒素
通过氧化还原，助力生活正本清源

我喜欢它与花草树木的自然相拥
起伏的青山是最可靠的背景
我常常安然入梦
我常常梦见，我叠了一架巨大的纸飞机
驮着小城在青山绿水间惬意穿行

第二辑

工匠精神

工匠精神：一双手

我要写到一双手
是它，把原野里分散的沙粒汇集在一起
放进熔炉里整合
完成了一次次灵魂和品质的重塑

是它剔除了那些管道里的锈迹和霾尘
去除了不合时宜的因子
使空气格外清新，大地呼吸均匀
江河的血液畅行无阻

淬炼阳光的手
让冷硬的生命发光发热的手
一双手，让伟大诞生于平凡的缔造者
一尊立体的雕塑

检修循环

阳光吹开了雾气
升华成一片缤纷的云彩
昨天的记忆或者噩梦都留在了笔记本上
复苏的机具跟检修工人起了个大早
显得格外精神

他们反复擦拭着循环泵
像是擦掉过去的忧伤
用磨砂纸磨去锈蚀和污痕
用防锈漆给那些冰冷的躯壳
穿上质朴、崭新而又温暖的外衣
目的简单
让一种水体面地循环，光荣地流动

上下游企业和野外停工的项目
正陆续复工复产
习惯了跟时间赛跑的机制

额头上，每一粒汗水都在为冲刺努力

每一双眼睛含着期待

每颗心，都在迎接产销两旺的季节隆重来临

执行

“紧急抢修，马上赶回。”
话不多说。散步终止
一家人快速赶回家里
女儿赶紧给爸爸取来摩托车头盔
临行前妻子总是不忘嘱咐丈夫注意安全

厂里某工序的 EV3
做好了置换、清洗、通风的准备工作
万事俱备就等待勇士出击
战斗打响
扳手、钳子、螺丝刀
都是熟悉的长枪短炮
焊枪发出的弧光是子夜闪电
让一块铁缝合，又将另一块铁撕开

周末的夜晚
月光洒落一地

夜色漫长。装置的影子很长
是清风帮助维修工们捎来家人的梦呓
每一朵花，都是温情的娇娘

研发者

彼时，多晶硅、电池片、半导体、芯片
科技的巅峰，高万仞。须仰视才见
知识、经济的无情封锁，登山的道路亟待开拓

市场和技术两头在外
被切断给养的工厂，折戟于半途
面对老旧的技术和设备
那种心疼，远比价格断崖式跌落还痛

装置停运，但没有倒下，绝地重生的信念
民族尊严在极度困境下更需要捍卫
他们粗糙的双手，做得了金刚钻
也揽得了瓷器活儿

工艺研发，说起来简单
但是要将两个九的百分率提升到十个九的纯度
硅，面对这广泛存在于大地的物质
说出爱，说出光和热，需耗尽一生的时光

瓦斯探放设备

他们纯朴、憨厚
理解蓝天白云的情怀，却不善于修饰
也懂得绿水青山的注脚
却不知道怎样抒情

钢铁之身躯、高速钢和硬质合金的钻头
表盘上的刻度，还有你看不见的芯片
为鼻子注入了嗅觉的灵敏度

他们深知，凡事皆有因缘
有时，越是抵达底层
越能感到灵魂解救之沉重
受限的空间，需要用干净的空气
来进行一场彻底的置换

诗一样美好的大地
岂能容忍邪恶的气焰无限制拔节
再轻微的变质，也不容许在井下暗地里滋生

输送机

开始，每一块煤都毫不起眼
当它被从地下送到地上，从低处送到高处
从矿区送到工厂，再送到城市和农村
最后能量得以完美地绽放
便光宗耀祖，实现人生的价值了

而担负输送职能的皮带机、刮板机、转载机
始终保持沉默和冷静
它们粗糙、陈旧，被磨蚀得瘦骨嶙峋
这让人很容易想到乡下的母亲
一身简朴而满怀慈祥
好不容易把孩子拉扯大，还亲手送到远方

物质在运动中的输送显而易见
而静止的事物往往被忽略
比如家门口那一泓湖水只是偶尔泛起波澜
却大量输送着鱼、水草和春风

那些皮带机，有的明摆着，有的隐藏着

一次次完成伟大的输送。当我们眼含泪水
“谢谢”这两个字怎么表达出深沉的情感哟
跨世纪的煤，原生态的光明
世间还有太多东西都是缘于寂寞清冷的地下
寓意深刻而又充满哲理

支架设备

液压支架或单体支架
一副坚硬的骨骼托举着天花板
不允许土石方、疏干水有一丝坍塌或渗漏
只允许月光从地面照进来
带来远处的蛙鸣和渔火
把煤层小心翼翼的黑与难耐的寂寞
照得透亮

事实上，月光不是月光，也没有蛙鸣和渔火
很多时候，错觉都是善意的
也许，长期在地下从事挖掘工作的人
看什么都是优良的种子
长期在黑夜中前行的人
看什么都是白花花的用不完的盘缠

劳作之余，向一个人喊话
闭上眼睛恣意遐想

“娃儿，天塌下来我给你顶着”
在妻儿的心目中，你就是最坚定的安全支架
而对你来说，逼仄的晴空下
仿佛有人用双手支撑起了一座地球的重量

通风

一个作业点与另一个作业点
一个坑道与另一个坑道
就像张家店与王家店不能简单隔绝
就像一年四季中的春夏秋冬不可离分

这是别开生面的村村通模式
这信息交流的天地通工程
此岸与彼岸互通有无
只要心有灵犀，什么事都顺理成章

我留意到，每一个作业区
都有关注底层的指向牌和相关标准
明确的管道、机具设施
当万事俱备，一个口令，便清风四溢

从一粒露珠出发，蘸着青草的味道，吹拂
淤积的心结得以释怀

气动架柱式锚杆钻机、坑道钻机和泥浆泵们

禁不住欢愉，压低嗓子在合唱

钉子精神

每一支精馏塔
每一座吸附柱、反应釜和淋洗装置
每一个戴头盔的工人
都是一枚钉子

以不分昼夜的速度
以大喜大悲的情怀
静止或运动
在高高的台架上
在管道阀门及各种电机之间
配合实验器材和化学药品排列组合

任凭风吹日晒
一辈子，就这样固执地走下去
一分一秒地耗
一滴一滴地钻

激荡

关于热情的修辞
最贴切的喻体莫过于炉膛
每一个手提电缆的巨人
都有一腔喊不完的乾元正气
轰隆隆的一吼
激情的岁月便得以升华
嘹亮的青春，便得以纵情释放了

品质的升华与重塑
总有一个理想的突破口
石头、泥巴或者铁，饱经风雨
并具有站在高山之巅接受过雷电洗礼的苍劲
也有低洼处无人问津的卑微
它们小若蚊蚋，而又大道无形

炉膛内的火焰，无法用肉眼测出温度
深入内部才可以看清

那些不断喧嚣的物质
组织着一场又一场的奔跑，别开生面的运动
内心有座火山喷发
演绎着宇宙诞生的原生态

回收

回收塔是睿智的
不只是进行简单的加减乘除运算
它们端坐如处子
心里，解答着复杂的方程式

装置之间有全副武装的巡检员
注视着每一颗螺栓
弯腰拣起地面的一小块铁
像极了农民拣起一株金色的稻穗

自从学习了“锄禾日当午”那首诗
浪费一词增加了耻辱感
自从在回收处理岗位上工作
就习惯了一种源自骨头里的沸腾

镰刀和锤子

镰刀和锤子，不仅仅是两个扎根在泥土上
构成生活的物件
凝聚着钢铁力量的核心组合，也是构成
万里长城的基本元素
更是秋天的传唱中所表达的重要内容

我的先辈们本来赤手空拳
后来发明了火，又发明了火中生养的铁
用铁播种并收割更多的火焰
他们一手拿着镰刀、一手拿着铁锤的形象
成了一种永远的雕塑

有镰刀挥舞的地方，就有澎湃的火
有铁锤的地方，就有一副铮铮的硬骨头

圆球说

球形的原料储罐
落成以来
就成了地标。常常占据公司的新闻封面
这个建筑物太庞大
只有在几千米的高空俯瞰
它们才显得像草地上几枚银白的高尔夫球
那么小

我很好奇，为什么
人们要把储罐修成球的形状呢
是不是尘世间的一切物质
大到居住的地球，大到浩瀚的宇宙
小到眼里看得见的事务，小到看不见的尘埃
自萌芽的时候起
就被注入了球形的元素

抑或人类对球形先天具有亲和感

球是一门艺术
因此球形工段待久了，我就成了毕加索
——现代化的化工厂印象派艺术大师
看什么都是球形
管道、阀门、工人、反应釜
这些圆圆的家伙，都在各自的轨道上奔命

一位女巡检员

护目镜要时常清洗，口罩要随身携带
进厂门就要把安全头盔戴好
眼里容不得一粒沙子，耳朵里装不下一点杂音
天长日久，巡检人员严格的规则性
成了一种精神洁癖

厂区面积有多大，塔釜有多高
液位计在哪里，压力容器有多少个
每一个部件的运行状态，精确得如数家珍
化工厂，行走在装置间的巡视人员很少有女性
陈悦儿是一种美丽的例外

陈悦儿。她从塔底走到塔顶，要用 210 步
从一名农村女子走到部门主管
从满头乌丝走到白发丛生
从皮肤光滑亮泽，走到皮肤松弛苍皱
用了 10210 天

熔炼

排着队陆续走进熔炉的物料
都是阳光的子民
怀着稻草的朴实，身披泥土的色彩
握手、拥抱，彼此交换身体

它们兴奋地燃烧，发出绚烂的光芒
火焰先是淡红、然后深红
然后又淡红，最后渐渐成为银灰
从炉内走出时，它们像完成学业的学子
一个个容光焕发，内敛而成熟了

它们要去大海，抵达阳光最后的熔炼炉
手挽手站成一片天空
骨子里充盈着燃烧的温度存量
平静的内心里，掀动着蓝色风暴

当我看到这一切，我才猛然明悟了，

生活也不过如此辗转往复
而每一次人生周折
无非是从一座炉倒入另一座炉
去粗存精的熔炼

循环水

我喜欢这些活力四射的水
不仅仅因为每一滴水都闪烁着太阳的光芒
折射着城市的灯火
它们还有一双从不倦怠的脚
丈量着一座工厂生命的长度和广度

四季翻腾，日夜不休地劳作
劳作让人疲惫，但它却不让任何人看到倦容
它有强大的自我救赎功能
剔除杂质，滤尽糟粕
在自我修复中完成灵魂的升华与净化

作为水，奔跑是它唯一的命题
只不过，有些东西，跑着跑着它们就不见了
有的事情跑着跑着就陌生了
幸运的是，一种神奇的引力将它召了回来
重新组成了一泼活力四射的水

蓝色光芒

每一次巡检完成后，她就站在窗前凝望
蓝色的天光中
恍如熟稔的洞箫缓缓吹开了阴霾
她的孩子，就像沉睡的白莲花绽开稚嫩的花瓣
然后她就幸福地笑了

对于她来说，
早已习惯于阅读并分析万家灯火
提炼出的霓虹具有城市味道
习惯于倾听工厂里带有钢铁敲打和轰鸣声
有节律的心脏跳动

此刻，絮状的大雪落下来
像剔去杂质的嘱托，落下来如此安静
偌大的变电站上空
只有一群仍在归路上的大雁，飞舞的队形
形成了一种诗意的旁路

挑选杂质

有时候，意外就是一种假设的现实
嗯，其实你也可以尝试着想想
百分之九十九的小数点后面还有九个九
那是一种怎样的纯度

由此可见，挑选杂质
比从鸡蛋里面挑骨头
从骨头里面挑刺，在大海里面捞针，
比在茫茫人海里寻找一张与你擦肩而过的面孔
难度大得多

在近百吨的成品里面找出不足一克的杂质
她与小伙伴足足用了二十个小时
李丹丹说到这里就流泪了
一双肿胀的眼睛
跟通宵达旦的白炽灯泡那么类似

巡检工人

有男的，也有女的，巡检工没有性别
没有年龄界限
只有一种特征相同
举手投足之间，透射出严谨和细致
以及“一颗保持冷静的心”

把望、闻、问、切的中医原理搬到生产现场
把温度、湿度、压力等各种参数
记得滚瓜烂熟
善于透过表象看本质
更善于从微观中辨别出大趋势

他们，是最实在的艺术家和哲学家
是朴素的工匠
是不善言辞的语言大师
长年累月的逡巡
练就了他们独立的品格和爱的敏感度

螺栓与螺母

螺旋式的上升，意味着
向前、向上是一种无以复加的累
而后退与停歇
永远是一种慰劳和松绑

你得到的就是所谓的自由和安逸
只是暂时和表象
这道理，是杨晓东夫妻俩总结出来的

他们每天拿着扳手、管钳、卡尺
把自己弄得满身疲惫
年年岁岁，都在与螺栓和螺母对话
哪怕松动一毫米
就会有液体或气体逸出来
造成人祸。人祸，就是后果不堪设想

杨晓东和他的妻子

一干就是二十年
在他们手下，从来没有出现过一种闪失
这一对铁骨铮铮的夫妻
硬是把自己活成了螺栓和螺母
用坚持，用朴素的爱，
抱紧了他们平凡琐碎的日子
也紧紧抱着人生的执念

焊工王师傅

焊枪，是一杆枪
枪膛里喷出来的不是一发一发的子弹
是一股一股的蓝色极光
焊枪，其实又是刀
一把光刀，专门宰割执拗和顽冥不化

戴一副黑框眼镜的王师傅
他还是一个判官
该分离的结构，咔嚓一声轻松撕裂开来
该团聚的物件，吱吱地将它们缝合

很多人以为他曾经是兵哥哥或医生
我承认，善于耍枪弄刀的王师傅
是一棵帅气的厂草
我们的厂花向他倾倒了一大片

主控操作员

来来往往的经线和纬线交织成运行图
那些闪烁的数字和符号
就像天幕上的星星

——他们真的好厉害
掌控着一座神奇的小宇宙
哪里需要装备，哪里需要粮草，哪里需要空气
都安排得井井有条
他们用程序将繁杂的事物简单化
用表格、曲线和颜色
将一种生态直观地呈现出来

在大家眼里，他们既是蓝领又是白领
一身蓝色工装
他们是天空与大海使命的先驱
一身白大褂
他们是科学与生命尊严的捍卫者

焊工场

白天的白，掩不住弧光夺目的烈度
一杆枪，喷发出极蓝的火焰
燃烧发出吱吱吱的声音
像痛，又像爱
缝合与割裂，只隔着一片玻璃的关注

大批钢铁被切割
大量的零部件被组装
此岸与彼岸、时间与空间被无缝对接
平面的梦变成了立体的现实
散兵游勇变成了组织有序、纪律严明的正规军

按照既定的蓝图，工程已经初具规模了
八月还未来临，他们已经迫不及待
用铁锤奏响了铿锵的器乐
穿过脚手架，可以看见一派飞溅的礼花
耀眼的绽放此起彼伏

毒性

瓦斯有毒，氯气有毒，氟气有毒
不知你有没有想到，我们呼吸纯氧也会中毒
有毒，是不是就意味着生命健康存在威胁
不少人谈毒色变——

化工厂是一个毒词库：
三硝基甲苯、一氧化碳、氰化氢、草甘膦……
你想过没有，假设取消这个词库
人类发展的大辞海
一定会因为一种缺憾而陷入死寂
就算我们茹毛饮血艰难地繁衍下来
到现在，充其量只会把石头的器具
打磨得更光亮一些

抑或毒性是先天注定的
聪明的人类，却让许多毒成了美味佳肴
成了生活起居充分而必要的条件

其实，一个人就是一座化工厂
有一种毒中之毒，叫作血
由我们的骨髓、胸腺、淋巴结、心脏联合制造
只能在我们身体的管道中运行
一旦喷溅出机体之外，一旦横流于大地江河
就成了一种万劫不复的罪

——对于毒，我们除了正视、掌控和警惕
是不是还应该保持一种敬畏

老旧的转运车

每一次打滑或失控
由于相关防护措施做得到位
都没有伤及无辜
有几回，因它侧翻而产生相关的倾斜
不只是负荷的物料
还有大家的薪酬福利、技能考评政策等等

我们很难准确地说出
一辆转运车究竟养活了多少人
改革开放四十多年来
这辆转运车的驾驶员换了一茬又一茬
装车的师傅退了一批又一批
轮胎爆了一个又一个

老旧的转运车。昨天它又侧翻了
依然没有伤及无辜
但很快它被送去了废品站
所以，这一回，它是彻彻底底地“转运”了

设备工程师

随着年岁增长，空压机会患上高血压
减速机可能减着减着
最终把自己行走的速度给减掉了
臼齿会松动，门牙关不住风
一切都在新陈代谢、因果循环、阴阳平衡
三大理论中进行
伤病，总是在所难免

我见到的他们，总是全副武装
像一支出没于丛林的野战军
或者特种机动部队
有时阵地战，有时游击战
他们的双手粗若砂纸，但是心灵手巧
有时，为了侦查一个小数据
在厂区里一蹲就是一天

更多的时候，我感觉他们像一名大夫

表情严肃。这些精通内外科的医生

除了善于望闻问切，还善于采取中西医结合的手段

进行刮毒疗伤

给患者开出一些辨证治疗的处方

生产会议

谁的手机响铃，谁就面临二百元负激励
这是规定
都知道厂长是个大嗓门、脾气火爆的家伙
他大手一挥，会场就鸦雀无声了
所有的眼睛齐刷刷望向主席台

然后厂长发话了
同志们，今天就说一件事情
作为一个生产型企业
如果不进行尾气回收处理，就好比一个人
饱食终日不消化，不停地放屁，还污染环境
话音还没落，会场就哄堂大笑

某女子悄悄说
这个厂长，看上去五大三粗
话糙理不糙哩

再见了，烟囱

父亲曾经说
哪里的高烟囱多，哪里的烟囱在冒烟
就说明哪里的工业最发达

如今，许多工厂生产蒸汽的方式彻底改变了
有的用天然气，有的用电锅炉
天然气的尾气全部回收成为资源再利用
而电锅炉干脆就不生产尾气了

烟囱戒烟了。我希望不要急于拆除
就让它高高地挺立，成为一种标记、一种记忆
而领导坚决要拆掉
那天，我们实施的是定向爆破
只听见一道闷雷，烟囱便应声倒下

那种感觉让我难受了好久
因为我突然想起了平素叼着烟袋

溘然长逝的父亲
我含着泪在心里默默地念叨
再见了，烟囱
再见了，我的老父亲

炉火

热爱，源于岁月燃烧的激情
持续吸纳、吞吐大地无私赐予的养分
化合分解成旺盛的精神力量
大批量的微粒子
在光芒的整合下沿经脉源源不断地输出

每一座炉膛
都是一个充满正能量的源场
都是循环往复的生态域
每一颗匍匐或者仰望的金属或者非金属
都深怀感念之心

每当傍晚时分
星辰带着一丝倦意归寝
他们，还有八小时外的梦需要续写
当太阳调度活跃的部属与随从闪亮登场
一个个热泪盈眶

单晶拉制

不放纵分子原子电子粒子自由散漫
必须有序组队集合
必须思想纯正
必须沿正确的路径生长
必须成长为不含任何杂念的单晶质

拉制工，我亲密的兄弟、同志和战友
心细如发，言行一致
始终如一地坚持着职业信条
那就是把梦想拉成高精度的行为准绳
穿过生活的针眼

他们，珍惜每一次际遇
珍惜一厘米长度的百万分之一
小心翼翼地呵护着每一根硅芯的生长
生怕一个微小的疏忽
就耗完了他们一辈子的光阴

技术攻关

对付疑难杂症、痛点、难点
有一整套程序和方法
但是这一次，貌似一个寻常的问题
把大家难住了
有人茶饭不思，有人宿不归寝
有人把黑夜熬成了白天

最终，纷繁喧嚣归于宁静
手段出乎意料
“越复杂，越简单”
就像管教不听话的孩子
一道程序，一项规则
便管住了那些乱跑乱撞的小黑粉

“处理家长里短也是一种大智慧”
如今环境优越了
讲究温度、湿度、适宜的压力

设备也跟人一样
需要偶尔吃一些原生态的粗杂粮
才能产出精品

拆装炉现场

新能源的种子
在穹庐中长大成熟
100 小时的闭关修炼终于修成了正果

像全副武装的宇航员
遨游太空，并从太空舱走进走出
维护他们的航天器

接下来的事情就是拆解和释放
他们要将尖端技术的秘密
公布于天下

他们小心翼翼地排列
车间是小宇宙：天蝎、双鱼、金牛座
一颗颗零部件
有如一枚枚晶亮剔透的星斗

关注

一座工厂就是一个小小的社会
车辆、行人和产品之间
工段与工段之间，部门与部门之间
通过流程再造后
不再发生不和谐的纠葛与碰撞

管道不再泄气
轴承上的时间在飞速旋转
器械们各就各位
设备恢复本色，越活越年轻了

卸下了身心疲惫的辎重
我的亲人们光鲜而体面地工作着
是的，要多多关注女工
她们在流水线上跳跃的手套多么洁白
再也不为
那些废旧的铁、塑料、蛇皮口袋而苦恼
再也不沮丧、愤懑，无端地发泄了

标准巡检员

把粗重而繁杂的活计交给机器人
将那些炙热的、高压的事情交给传感器
超级大脑、人工智能给大家腾出了更多的时空
来体验和享受生活的幸福

有一种强大的法器叫作标准
看不见的空气一般
不即不离，握在日夜逡巡于管道之间的工友的手中
每一名巡检员，身着蓝色制服，腰间束着武装带
像一名督查特使

他们怀里揣着通俗易懂的黑纸白字
那些图文并茂的规定
是他们的尚方宝剑

这些工匠们

抑或，这就是大国工匠的群体意识
质量要好，效率要高，还得节省费用
要将阡陌纵横、繁杂交织的工序打理得井井有条
新点子总是在既定的概念中突围或顿悟
占领技术的高地并重新定义技术

我深知，一盘严谨高效的棋局
初期布阵至关重要
每个人手上持着一枚人生的棋子
公告栏张贴的岗位明星们
一个个都是弈棋高手
左手举起阳光而正向的姿态
握紧拳头，应是一种积极的理念表达

这些工匠们
是一群敢于拆除陈规陋习的创变精英
而英雄不问出处

他们曾经在泥土中种植炊烟，在炊烟中诵读
曾经肩挑农副产品穿越在城市街巷中
一声高一声低地叫卖
日出日落，未曾改变的是心中朴实的梦想和信念

架线工

是不是一切屏障
不过是掩人耳目的托词
是不是所有高度都能踩在脚下
是不是只有鸟雀
才能体会空中走钢丝的惊险

当然不是。架线工有切身体会
他们不一定人人都会用语言表述
那种穿云破雾的惬意
以及亲自解构云朵般梦想的欢愉

他们是现实版的齐天大圣
是专科为光明接骨的主任医生
谙熟的导引绳、牵引绳、转向滑车、压接器
挺拔的铁塔，输配电设施
每一个细小的零部件，分工合作的功能……

有时，在险峻陡峭的地带
现代化的工具真还派不上用场，在关键时刻
只能用双手抓、用双肩扛
这种穿针引线的工作
是惊世骇俗的壮举。消除了
我的疑惑和悬念

电锅炉

时空发生位移后就成了弧形的苍穹
太阳是唯一的照耀
天地的闸阀一经闭合
顷刻间，便有万道霞光喷薄而出

那些烈焰燃烧着诗意的浪漫
银质的水在翻卷中升腾成白云蓝天
在这座文明繁华的国度
传统的印象，守旧的伦理，被彻底颠覆

能量无限，有机物的大循环
演绎千年的图腾
每一个分子爆发出内驱力
持续不断地，在高沸中裂解而重构

作业指导书

作业指导书上
也就是生产厂房与成品库房
和反应堆场之间的有效距离和真实尺码
也就是仪表盘的精准刻度

作为专业修复贫瘠颓废的美工大师
他们，可以让停顿多年的思维愉快地复活过来
这种氧化还原的力量
比打造一件钢筋铁骨的艺术品还神奇

经过整理的知识内核
情绪浪潮之后的砂砾，搜集起来
再通过蒸发、精馏提炼和萃取工序
便凝结成了一枚枚螺丝钉一般的意象和具象

当一场场头脑风暴平息下来，我看见
他们共同研创的精益工厂

不是鸿篇巨制，而是言简意赅
字里行间，渗透着一代代匠人质朴的血汗

精益工厂

"行成于思，行胜于言"
你有所不知，当人们
用一道格栅，阻隔了各种荒废的时月
将物质和意识分门别类陈放
勤俭节约的民族传统，就体现得淋漓尽致了

一张纸，一度电，一个毫不起眼的螺母
无数条数据链接的起伏曲线
无论大小，只要关乎生态环境效益和切身安全
他们就可以做出一篇出彩的文章

这叫精益理念
作为一柄现代化工厂的管理利器
专门对付粗放散漫
一旦它烙上了新时代制造的徽标
就注入了一种超现实主义精神的中国内涵

归来者的讲述

他说。他们做的事情，就是
把春天的芽叶
嫁接在绿水青山、蓝天白云上

他们扛着钢管、焊枪和铁架，跋涉千壑万谷
一锄一锄地挖，一块一块地搬
就是将阳光的种子植入泥泞
将天空的拓片，嵌进一座座坚硬的岩石

“黄金的施工期，有 120 天在下雨
大大小小的雨点，砸在每一个队员的心上
倘若连续两日放晴，便是莫大希冀
泥浆没过脚踝，脚掌磨出了血泡”

那时候，大风卷起尘土吹入眼睛
卡得人泪流满面
品尝过一口河水一口沙的滋味

也领教过温度爆表、空调停机的暑热

其实大家早已习以为常了

但凡拓荒者

皮肤都被大火烤焦过

阳光，在他们的脸上留下了深刻的勒痕

变中求变

精益这个词
或是位于传统界面之外的舶来品
发明人却是我们的祖辈
狩猎的刀剑弓弩
砌筑长城的文字砖
确切的时间与责任人
使得历史事件的起因和结果都具有可追溯性

理想的光芒照进现实
我们没有妄自尊大
相反，看清了团队木桶的那块短板
总有一种渴求让人无以言说
于是走出象牙塔
我们在可变领域寻找标杆
蓄积养分和能量，完成新的变革

不经意就到了 5G 信息时代

行走的时速比梦想更快

周遭一切被巨大的引力感召着

大数据、云计算、智慧化、人工智能

但凡有所觉察的人们

都在测量现状，然后铆足了全身力气奔跑

运行负荷

我们说得最多的一句话是
把产品做到极致
谙熟阳光的人都是平凡的
而平凡的极致，就是突破了技术封锁
冲出工艺设计的瓶颈
以十年磨一剑的毅力成就非凡

事实上，这么多年来
正是他们
将复杂多样的程序简化成字符
繁琐的制造通过一个按钮
就还原成几个动态口令了
我们制造并践诺着一些超出常规的定理
同时也规划着
更加伟光的梦

每一次精益实践

便是一次人格的升华

去伪存真，抵达上乘境界

省去过多的中转环节

省去了无用的等待和浪费

省去了冗余的细枝末节

多好啊，干净利落、轻松单纯地做人和做事

再写还原炉

神一般的机械手，用举重若轻的力
和毫厘不差的精准度
将银色的穹窿缓缓揭起
仿佛天光大开的界域，擎天矗立的骨架
彰显着技术的陡峭
顿时，外涌的热浪
与一个人内心的热情形成对流天气

闭关修炼的极致莫过于此
炉内一百小时
气体、电流、以及相态变化的硅元素
在一千多度的高温条件下
在常人不可见的地方剧烈运动
所有的碰撞与冲突，从无序到有序
最终归于祥和安宁

如果苍穹不被打开

或许你还可以从一颗星星的瞳孔
瞭望原始的生长与沸腾
有一种反应，叫做分解还原
其复杂的程度
唯有通过想象的方程式才能进行解读

搭档

吵过、闹过、纠缠过，多年的磨合
终于握手言和了

熟悉了彼此的喜好与脾性
身体的味道，运转动中的某个特点
为下一个工序传递能量
配合得默契无痕

爱，只需一个眼神便心领神会了
情，只需要一个按钮
就实现了彼此信息的交换和理念的共鸣

两个锃亮的齿轮轴
多像两口子呀
它们已经把这座浩大的工厂
作为圣洁的婚姻殿堂
不离不弃，相伴一生

第三辑

蓝天下仰望

光芒

闭上眼，就会看到无数花瓣在夜空绽放
飞溅的弧光，绚烂的耀斑
比闪电还要夺目
比杜鹃啼血的鸣叫还让人感到一阵揪心

它撕碎了远方的寒冷和黑暗之旗
携着阳光的色彩
就像经久不息的火焰，引领胆识和气魄
从时光中，灿然划过

正是这无数花瓣构成的红色源流
滔滔不绝的雅砻江和金沙江
雄性的光芒，让横断山脉中的每一座城池
每一块石头，都有了合金的硬度

熔炼

装置庄重严肃
每个技术员工作时也不苟言笑
只有传感器才知道
有一种梦，一直在上千度的热烈中升华

二进制、八进制、十六进制
这些纷繁的复杂程序交给计算机处理
鸿蒙与混沌浓缩于舱内
在光焰的深处推演宇宙裂变的奥秘

一粒硅与一群硅
从单细胞到多细胞
是谁给它们注入了春天的密码
流线型的立体又变成了超薄的平面

事实上，我们并不知道原始之原始状态
有着怎样纠结的祥和与动乱

观察孔的镜片上

晶花，给我们呈现出的是一棵树的影像

熔炼

制造车间

大工业是一部史诗
工厂的炉膛内部最具诗人情怀
那是激情动荡的宇宙，里面有运动的星辰
和喷薄的太阳

由此，我终于知道了前辈们开疆拓土
挥汗如雨的目的和意义
也看到了他们酣畅淋漓的奋斗场景
“第一吨钢铁、第一台载重汽车
第一台洗衣机、第一台黑白电视机”
这是他们创造的历史纪录

我认为，纪录是用来纪念，更是拿来打破的
由此，我更理解了人们前仆后继地建设
智能化、程式化、标准化的产线
链接交互的资源整合

高规格的设计
有声韵的圆润也有文字的陡峭
产业集群宏大而和谐的篇章
在怎样热烈的遇见中对撞生成

装备制造车间
所有的零部件都经过精心打磨
都是在机械手下完成的工艺品
别小看那些机械手
它看似粗笨，却比人手灵活千百倍
有一天正是全国女神节
它在一张银白的轧板上
雕出了一朵精致的蓝色玫瑰
献给一名车间女工
美丽的小女孩面色绯红，羞涩不已

光伏，光伏

光伏，光伏
一架架风车是旋转的蒲公英
成为生动的背景
一片片蓝色发电板是天空的矩形切片

阳光无私的照耀
让众生敞开了辽阔的胸怀
许多人在奔跑，也有许多人在祈愿
每种行为都是低碳绿色的表达

所有化石能源的燃烧成为一种隐喻
擎天的烟囱成为历史的钉子
昨天沉积在封底
封面，是花朵在浩荡的春风里款款低飞

湖水如屏，安若明镜
神舟航天器展开羽翼正朝着银河之外飞翔

通过雷达和射电望远镜
频频传来的资讯
说着亿万光年前的事情和那些未知的世界

动车行

通过乘坐高铁，我才恍然明悟
时间被工匠雕琢、打磨，成为子弹头
成为冲锋的标准姿势
流线型的身段，散发着时尚的影响力
每一道骨关节、结缔组织，积蓄着奔跑的能量

我留意到，所有的赶路人都喜形于色
怀揣一颗驰骋激荡的心
是不是大家都已经意识到，作为时间的追赶者
现在反被时间牵引着
将以闪电的速度向某个高地抵达

一艘艘舰艇被众多目光拉成银白的飓风
呜咽中向纵深进发——
岁月如纸。动车在纸上演算着
有多少人生的方程式被颠覆成了现实的不等式
有多少空间的内涵被跨界成无限可能

系列

一系列，二系列，三系列
将来还有更多的系列
一起来概括一方地域工业经济的走向
用闪烁银质的光芒
和高度的燃烧，诠释重化工事业的
深刻内涵

厂房，如一行行正楷的汉语言文字
赋予诗意的载体
书写着一群产业工人的历史荣光
更像陈列有序的积木块
凝聚着简单的幸福。蕴藏太多的奇迹
在安静中等待释放

是谁的大手笔
在辽阔的长空勾勒出一道道银色闪电
惊醒了沉积的云朵

高耸入云的冷却塔是它口里的烟斗
面对五千亩大地
一边悠悠品味，一边认真丈量

我所在的工厂，真的像一名钢铁巨人
矗立在绿色的大地
稳重，时尚，而且环保
心脏是充足的动力工段，血液是炽热的介质流
它胸襟辽阔，步伐坚实
马不停蹄地领跑一座城市的春天

抵达

来来往往的人们
定格成高铁站寻常的剪影
我把车马的轱辘、明月的驿站和菜青虫都安顿好了
格外轻松。掐指一算，从此岸到彼岸
可以精确到一分一秒

许多手，将捧起温暖的泪水
许多目光，饱含着深深的等待和诚挚的歉疚
许多希冀和梦想
已经先于大雁的归期安然抵达

每每此刻，想想就抑制不住内心的感慨
列车还没出发，握着一张蓝色车票，我便感觉
从遥远地带徐徐传来海浪的欢呼
抽打着，追逐着，令血液里的因子提前澎湃

蓝色晶片

向往蓝天，蓝天不可拆卸
聪明的我们在地面用晶片一小块一小块地拼接
组装着另一面蓝天
倾斜于大地的蓝色硅板上
阳光在静静流泻

制造天空的过程是辛苦的，更是神圣的
我们心里明白
每一片蓝色晶片就是一座小型的发电厂
白天，尽情吸纳阳光
晚上，就让数以亿万计的太阳粒子转化为缕缕电流

中枢控制系统，鼠标一点
计算机便发出一道程序指令
涓涓细流就揣着春风踏上了造访之路
大江南北的百姓人家
天空下，星光渔火在用对讲机交流，彼此回应

铁在天空飞翔

那些铁
是集结号中从四面八方云集的智者
彼此素昧平生，却又似曾相识
是团结紧张严肃活泼的铁
是电磁学
是电子技术
还有的是控制工程
信号处理、机械学、动力学的大师

我深知他们的艰难困苦
在高科技的陡峭上攀爬
克服巨大的摩擦力和阻力
经受以亿万计次数的演算、淬火和锻打
失重中涅槃
才找到了持续的支撑与核心动力
在万民的期待里光芒呈现

磁悬浮、大飞机，成建制的编队系列
融合、创变的结晶体
用超出自然的奔跑，圆梦物质的飞翔
穿越纵横、引体向上
螺旋式抵达浩瀚深处
更深处是未知，是不可测评的能量

我们都是凡人，在地面
一边揉着酸胀的脖子
一边深情地仰望

那些铁
经质变和量变而飞翔起来的银白元素
被云朵轻盈托起的金属鸟
愉快地从头顶飞过

采掘

具体是从哪个位置撕开的口子
是什么样的刀斧劈开了尘封的秘密
或许都不记得了
但是，沿管道顺流而下的那阵风
潇洒的笑容
却记得特别特别清楚

每个毛孔传递着信息
先是清凉，继而变得燥热
那阵风竭力保持着原始的粗粝
在离开地平面的那一瞬
他们习惯性地望了一眼远处的村庄
炊烟下，是守望麦田的家人

这些精通遁地的“土行孙”们
走下神坛和诗歌
走出教科书的某个章节

从阳光的背面走到了正面
仿如从娘肚子里反复再生的孩子们
深深懂得大地之疼
一群阅历深厚的归来者
身上醒目地贴着关于劳动关于爱的标签

掘进

抑或，前面是硬质的玄武岩或花岗岩
对于黑暗之墙、稀薄的空气、可能引爆的瓦斯
都在事前进行了细致分析
生活在低处，困难都在预料之中
除非凯旋回归，唯一的方向就是向前

有时会遇到半煤岩和软质岩
会遇到一枚小贝壳、一块鱼类的化石
遇到一张还没完全变性的叶子
瞬间就像他乡遇故知
每一片岩石都成为一封家书
限量版的时空里，丰沛地荡漾着男子汉柔情

而掘进这是一种果决的态度
内心深处的幸福感给了他们足够的自信和底气
锻造着一双滚筒式的，螺旋钻的
连续作业，钢铁铸就的巨手
前面纵有万道难关，都将得以破解、突围

燃烧

捡拾煤块的手
铁耙一样，手背上的钢筋历历可见
把粉碎的黑色时间，抛进炉内——
顿时，煤炉里，小鸟在歌唱，蛙鼓在奏鸣

所有荣誉该属于他们
所有赞美诗的内涵都应该指向他们
只有他们才配。把一些词语挖掘出来
又将那些词语深深埋葬

我曾尝试把一颗褐煤放进嘴里
麦粒一般地咀嚼
试图在酸涩的口感中找到第六种滋味
却以失败收场

也曾凝视兄弟们在火光映照下的笑脸
那么古老，那么真实

那种刀刻一般的苍皱

足以让一颗心产生数十次巨大的雪崩

电流

我所知道的电流
或许是从一个小小的摩擦开始
然后才衍生出各式各样的方式
发热、发光

通过燃烧或者冲击，永无休止地往复运动
把无组织的粒子全部集结起来
形成了一股绳
绳子上奔流着一股足以颠覆时空的伟大力量

从此岸到彼岸，从黑到白
擎举火把、牵线搭桥的电力人
他们才是一群真实的播火人
他们才是一群传递花朵与果实
温暖与清凉的使者
他们一代一代地承接着朴实的志愿

阳光，以亿万级的数字和当量
翻过了历史的高山峡谷
跨越了生命的千难险阻
打破了陈设千年的落寞与寂静

眺望或沉思

我喜欢一遍又一遍地阅读和抚摸
稔熟的塔釜、器件、装置
凹凸的纹路，整齐的布局
用心打磨过后的光滑，擦拭后的洁净与锃亮
反复地理解，什么是平凡和不容易

我知道，每一座成功的工厂
必是匠人以匠心、用匠行铸就的精品
就跟一首成功的诗作一样
须遣词造句，精雕细琢
历经艰难困苦而终于凤凰涅槃

我的办公桌前方挂着一幅中国地图
当我想要懈怠下来的时候
一抬头便看见祖国母亲
我的身后是一幅工业园区风景照

此时刻，壮阔的产业集群在晨曦中
分明是航母启航

感恩

我见过一名野外作业电力工人
时间把他雕塑得棱角分明
当我触及他厚厚的老茧，有一种剥开的冲动
剥开老茧，里面一定是飓风，是一场暴风雪
一定是几乎把天空掀翻的雷鸣闪电

事实上，我也只是文艺地想象而已
面对他们汗花花的脊背
蓬草般凌乱的头发，被阳光烤得焦黑的肌肤
我显得那么笨拙，甚至无动于衷
后来离开他们的日子
我一直在后悔中反思着
我必须撕裂般地剖析自己

为什么，我们在光明里自由自在地生活
吃着香喷喷的米饭，聊着各种无聊的话题

却都是一副事不关己的样子
为什么，总有些人拥有了前人拿命赢来的东西
享受着和平、安全、天伦之乐
却总是那样理所当然、心安理得

细思极恐啊，当一个人不知道该怎样表达感恩
我们的良心、道义和信仰
该如何安放？

科学城：在春天里奔跑

再无其他修辞。美丽成都，宛若一颗硕大的明珠照亮寰宇
每一次，我在高高的云端，俯瞰辽阔的大地时
总是抑制不住激动的心跳

那是我发自内心的骄傲和自豪
每每说到天府之国的腾飞
成都府河、南河，明净的面容就会泛起微笑的浪花
说到天府新区，每一棵青草，都会颔首点赞

我热爱并敬慕的科学城，传承着富庶繁荣的基因
沐浴新时代春风，应运而生并蓬勃兴起
近五年的建设发展
它已经初步形成组群布局、生态宜居的城市格局
尖端高质、绿色低碳的产业群
日夜吐故纳新，支撑着“一带一路”和长江经济带发展
成为极具增长潜力的城市新区

崛立于蓝天白云下的部落
时尚、雅致、大气、睿智，布局统一而又具有个性
成都天府新区将名片递给世界的同时
说出了自己响亮的名字
那些鳞次栉比的建筑带着些许童话色彩
如拔节的春笋，像堆叠的积木，似神奇的魔方
巍峨。朝着东方前行的一艘巨大航母
却又轻灵，用一派明澈的河水，静静地承载着历史的重量

在科学城，感受科学的力量，是一件幸福的事
零距离接触内心深处的神圣
亲手抚摸驱动着这个社会经济发展的动能核心键的时候
你会看到缘于心尖的战果：无线谷、5G 通信、大数据、云计算
正是这座集研究及应用转化为一身
集科技研发、信息网络、军民融合发展为一体的阵营
演算着新一代人工智能方程式
成为一个服务于全球的新经济产业的增长极

浓郁的文化氛围鼓舞着一事一物
诸多国内国际顶尖品牌已经在此安营扎寨、登岛落户
作为新经济产业园，提供总部办公、企业孵化
金融服务等复合型滨湖办公空间而履职尽责
“独角兽”岛，真的是一匹锐不可当的“独角兽”
新经济话语的代言人

场景培育地、要素聚集地、生态创新地
各项举措在科技研发、市场拓展、人才招引等方面量身定制……

我以为，人生最大的欢愉
莫过于感受到一方水土的脉搏
最好的宽慰，莫过于抚摸到一个时代的心跳
在科学城，得用全新的视觉来解读天府现象
须用跨界的词语来诠释高楼大厦群落的象征意义了
每一片石，都赋予了金属的质感
每一颗砖，都蕴含了时间的能量
哪怕那么一小块水晶玻璃片
都闪烁着一种穿越时空的光芒

“瞄准世界科技前沿，引领科技发展方向
抢占先机迎难而上，建设世界科技强国”

治蜀兴川，祖国的强盛、民族的伟大复兴
科学则是发展的基石
而天府新区，正致力于成为世界主要科学中心和创新高地
责任在肩，干在实处，走在前列
每一位在科学的春天里的奔行者都是一道凌厉的闪电
这一群英姿勃勃的领跑者
用内生合力，助推着成都科学城继往开来、砥砺奋进

致敬：中国的愚公

题记：在国外建设40亿元的化工厂项目往往需3—5年。而在我国，一群普通工人，只需365天，就可以建成一个高质量、高规格的高纯晶硅项目，这是全球瞩目的“中国速度”。

始于播种光明的追求
始于绿水青山、蓝天白云的梦想
他们扛着钢管、焊枪和铁器，跋涉千壑万谷
一锄一锄地挖掘，一块一块地搬运
将阳光的种子根植在泥泞
把天空的拓片，镶嵌在一座座坚硬的岩石上

黄金的施工期，有120天在下雨
那时，大大小小的雨，砸在每一位建设者的心坎
倘若连续两日放晴，便是莫大希冀
泥浆没过脚踝，脚掌磨出血泡
大风卷起尘土吹入眼睛，卡得人泪流满面
品尝过一口河水一口沙的滋味

也领教过温度爆表、空调停机的炎暑
皮肤像被大火烤焦过，阳光在脸上勒出深深印痕

衡量每一匹砖石的强度
查验每一根筋骨的韧度
大暴雨时，他们第一时间赶到现场，直到消除危机
节假日的夜晚，他们守护在打桩机旁
目睹混凝土随机泵注入大地，
喧嚣的机器轰鸣
静静的灯光，拉长了一个个伟岸的身影

“我们在建设一个精品项目
更是在铸造一支铁军！”
项目总经理亲自讲授新员工入职的第一课
3 次管理提升座谈会
6 次工作总结会，20 期“红旗班组”评比
50 名工匠之星，300 名等级技工
10000 个高清摄像头

保工期。所谓军令状，就是把誓言钉在铁板上
保进度。肩挑背磨绝不含糊
哪怕用双手刨出一道道沟渠
保质量。一遍又一遍检测，不放过任何数据
保安全。24 小时处于开机状态

他们像夸父追日一般奔走
像一只只填海的精卫
更是一个个愚公，固执、坚持着移山大法
球罐区、冷氢化、精馏塔、还原炉、后处理 ......
每一个成长的节点，都是一段无言的诗行

嗓音哑了，双眼熬红了
皱纹更深了，白发更多了
而厂区更新了，工地更美了
拔地而起的厂房像一个巨型的惊叹号
精馏塔，比画着科技的高度
还原炉，彰显着一颗心的热度
炉膛内不断进行化合、分解衍变的
是致密百分比的精度

365 天，变现了一句又一句口号
兑付了铁骨铮铮的誓言
“践行工匠精神，成就龙头地位”
高纯晶硅，中国制造
中国“智造”，高纯晶硅
改变世界竞争格局
崭新的工地，承载着他们一生
都在追寻的幸福梦想
横平竖直、鳞次栉比的厂房建筑

汇聚着激越的脉搏和心跳

艰难困苦，玉汝于成——
这一代又一代的大国工匠啊
辛劳与泪水、勤奋与智慧
他们太平凡
平凡得在大自然中无以辨识
如一阵风吹过一片热土
像一派清流淌过大地
唯有草木、山水
唯有蓝天、白云，一笔一笔的铭记

领跑世界

去掉狭隘、自私与功利主义
地球上的共性，就是晶光闪烁的硅品质
金属的质感、色泽和硬度

就是，人类自诞生以来
从未停止探索的脚步
只是在这个过程中
出现了太多的围困与突破，和解与纷争

那是 1954 年
全球第一个硅晶体管和晶硅太阳能电池板
呱呱诞生
人类正式进入硅时代
从此开始了
一场全新的数字革命与能源革命

作为太阳能电池和半导体芯片的重要材料

一种叫做多晶硅的物质
制造的核心技术一度掌握在
高鼻梁蓝眼睛的欧美人手中

关键原材料在外、关键设备在外
90% 以上的市场在外
“三头在外”困境
让中国光伏行业尴尬而汗颜

历经十余年的高速发展
勤劳智慧的中国人
卧薪尝胆，苦练内功
十年磨一剑，在技术及工艺上实现突破
一举打破被卡脖子的局面

2020 年
全球多晶硅有效产能 60.8 万吨、产量 52.1 万吨
中国就占了 45.7 万吨有效产能
39.6 万吨的产量
超过四分之三的全球占比
让中国挺直了腰杆

连续八年位居全球首位
世界多晶硅产业进一步向中国转移

与多晶硅产业密切相关的中国光伏行业，
迎来全新的逆变
光伏制造业世界第一
光伏发电装机量世界第一
光伏发电量世界第一
“三个世界第一”，中国光伏如一骑绝尘
领跑世界

而未来
以高纯晶硅为代表的中国多晶硅产业，
正高举生态优先绿色发展的大旗
继续领跑
为早日实现全球碳中和目标，
推动构建人类命运共同体
贡献大气磅礴的中国力量

告白

一

作为中国工业领域的亿万分之一
何为幸福
对于这个命题
只有将时间、精力与梦想全身心地投入
在一项职业中，才可以解答
幸福来临的过程
有的漫长，有的短暂，有的突然，有的自然
今生，我有幸与你携手前行
不觉度过了十五载春秋
深深回忆，个中的滋味就是幸福
曾经不敢想象
在一片人迹罕至、芦苇丛生的河滩地
长出了一片挺拔的工业树
而我，就是一名植树人

从工厂项目的奠基仪式开始
一群朝气蓬勃的人顶着炎炎夏日
冒着暴雨狂风，他们不分日夜地来回奔波……
从产品的小试到中试，到规模化的生产
其间无数的泪水和汗水
说不尽的辛酸与疲惫，全部化作欢笑和泪水

我常常站在高高的巡检塔上
鸟瞰繁华喧闹的尘世
蓝天白云下，徐徐清风穿过我们的身体
内心涌起的惬意
仿佛有一场甘霖降落在久旱的骨子中
我感受到了做一名祖国民族工业的产业工人
的自豪与荣光

二

我是他们的导师
每当有新员工问及我刚进入工厂
以及现在的感受
我依然会心潮澎湃、情不自禁，如数家珍
凡事皆在失败与成功的轮转中进行
当你身着全副职业装备

便注定随企业于经济的波峰浪谷间起伏

岁月锤炼的团队
不在辉煌时得意忘形，不在痛苦中沉沦颓废
一个车间，就是一个国度工业的缩影
二十年。可以将尖锐的事物磨成平面
也可以将愚钝的事物磨砺得尖利
可以将凋敝改写成华丽
把梦想变为现实
可以让废墟上巍然挺立建筑群
让厂房纵横交错，让机器轰鸣和谐悦耳
拔地而起的花园式工厂
以现代科技的视听形象，矫正着世俗的偏见
那些年的苦累、笑容、誓言
成为我人生最宝贵的回忆
我见证了一批又一批的新员工不断融入大家庭
姑娘小伙们分明是自己昨日的翻版
精神抖擞，怀揣梦想，敢打敢拼
都把工厂当成了自己的第二个家

三

说起大发展、大变革
并非信口开河、空穴来风

一个企业从经济低谷到行业巅峰
从名不见经传到名扬海外
足足花了二十年，有我作证
也许，我们不懂得究竟是什么样的力量
把我们推到了世界的前沿
是什么样的力量引领着我们不断超越自己
——哦，不是不懂得
而是我们在忘我的奉献中践行
我们根本没有闲暇去产生其他杂念

遥不可及的梦想在汗水中实现
但凡专注的投入
时间老人都会给出一个公正的评价

指标调整，对标，改革
许多理念，便是在传统的继承中发展
在探索中颠覆
我特别敬佩那些满身油污的检修工人
很多发明创造都出自于他们长满老茧的双手

或从一颗螺丝钉出发
可以探索出一条车间提升效益的路
那些庄严肃穆的机器设备
是大国工匠精神的凝聚

静止中，奔腾着巨大的蓝色能量

四

日出而作，日落而息。
早上匆匆忙忙，被闹钟叫醒那一刻
睡眼蒙眬，我有一种强烈的充实和存在感
这就是我的生活，往复来回的成长之路
一路花香鸟语，其中留下了青春的元素
“梦想正在路上”一度成为座右铭
我深知，生活里有各种各样的梦想
而五彩缤纷的梦想又编织成了美好的生活
作为一名普通职工，这就是生活
工作亦生活，平平淡淡

生活总会归于平淡
当初那个信誓旦旦
血气方刚的年轻人已不再空想
每天，认认真真履行岗位职责
工作顺顺利利，家庭和和美美
有时会因为小小的创举赢得意外的收获
是再幸福不过的事情了
当然，大的成就或成功不是意外获得
而是长期坚持不懈的结果

我的创举，看似出其不意，实则意料之中
每天，我在机器设备中穿行
保障工厂这艘航母顺利远航
——我就是平凡中的伟大

五

二十年，有过许多坎坷
让我看到了自己与工厂互相搀扶前行的坚韧身影
二十年，有过无数失败
我才能深刻体会到面对经济断崖式的跌落
曾经陷入苦闷彷徨
我们咬紧牙关苦练内功，绝地反击
赢取了一个又一个成功的辉煌
二十年，朝夕相处
你让我学会了热爱生活、品味生活、追求价值
二十年，风雨同舟
你让我拥有了无坚不摧的心志
拥有了属于我的幸福

二十年，我即将与你惜别了
除了感谢，没有其他言辞可以表达
对于热爱生活的人，你都认真对待，一视同仁
因为我们每一天的努力、付出、用心

都是为了让自己生活更美好
对于热爱生活的人，你从来不吝啬激励
伴随着工作岗位中的每一位员工
拥有一颗包容、上进的心
来接纳生活的馈赠

当我用一颗感恩的心来体会你的每一句箴言
便彻悟了不一样的人生
怎样敬天爱人，怎样团结进取

这二十年来对我温柔的陪伴
让我不再孤单与彷徨
给我无微不至的温暖的关怀
让我拥有了一颗从容淡然的心
去承接未竟的人生之旅
我会继续关注、守候你的基业长青
我们一起坚守，活成百年老店

深怀一颗温暖的心

——《新工业叙事》创作随笔

龙小龙

我认为，诗歌创作就像从事一件神圣而崇高的工程项目，一定是有知性的、智慧的预谋，而这个预谋是创作者内心自然而然的驱使，是用理性来将感性诉诸字里行间的过程，是长久积淀、认真思考、反复推敲，用诗性的语言给予准确地呈现的结果。

我创作的《新工业叙事》中许多诗作是继2018年《写意：中国工业园》(组诗)之后的作品。非常荣幸，2018年拙作《写意：中国工业园》组诗得到了较多的老师和朋友高度认可与赞赏。写作比较成功，其中最重要的原因在于我对工业尤其是高纯晶硅产业的熟悉和理解。改革开放以来，我国从一个农业大国，发展成当今全球第二大经济体和第一制造大国，中国光伏产业一骑绝尘，遥遥领先于发达国家，牢牢执住了行业发展的牛耳，成为了比肩高铁的“国家名片”之一。高纯晶硅（光伏的上游）产业的兴衰、在国际中的沉浮，可以算是中国工业发展的代表或缩影。身处一个伟大的时代，抒写崛起的民族工业发展是一件自然而然、理所当然的事情。

就是这种意犹未尽的感觉，让我给自己安排了一道任务，一定要继续写一写身边的现代工业，用诗的形式表达出来，心里这种越来越强的责任感让自己不吐不快。我认为，能够客观而诗意地记录工作经历中的这些视听中的细微点滴，抒写新时代下的工业状态，我认为这是一种正能量。人说“你心里有什么，你眼里就可能看到什么”，而多年来，我更多看到的、倡导的、感受到的是温暖、阳光向上的正能量。

在这里面，我创作新时代工业诗还有一个原因，就是基于我对打工者以及工业企业的认识和理解。1992 年，沿海一带工业发展散发出来的魔力让人难以抗拒，我也按捺不住跃动的心，洗脚上田坎，汇入了滚滚“打工潮”。走南闯北，辗转奔波，其中之辛苦可想而知。所幸的是，我所在的企业都有一种积极向上的文化，追求诚信、规范、创新，倡导团结友爱互相协作，我更多感受到的是辛苦劳累之后各种能力的提升和职业品格的成长，我深信这是文化主导的力量！社会发展至今，“打工者”早已不再是卑微寒碜的务工人员代名词，现在他们已经改名为“产业工人”了，“打工”这个词早已经不再是以前的含义，只不过表示从业人员在某个固定或不固定的利益主体下，获取一定生活资源的劳动手段，这种词义的外延和进一步宽泛化，也反映出人们思想观念的变化。

诗，要达到言志、状物、抒情的效果，一定要选择自己熟悉的事物入手，并要通过人与物的审视和对话，写出新意。对于大题材，我喜欢宏观思考而微观着手。比如工业问题，随着我国安全环保工作的强化，工业企业越来越规范，越来越发挥主体责任，越来越多地走上自动化、信息化、智能化道路，这是不容置疑的事实。绿色发展是构建高质量现代化经济体系的必然要求，是解决污染问题的根本之策。要改革完善相关制度，协同推动高质量发展与生态环境保护。

而现实中还有不少人的观念一时没有得到刷新和矫正，诸如一提到化工就与毒害、污染等同起来，一看到烟囱冒烟就视为排放污染等等。有时，我对此感到隐隐担忧，同时更加坚定了创作一些工业诗，一定要用我的世界观力所能及地发声。因此，我便选择了“主控楼”“焊工场”“主控操作员”“关于毒性的认知”等具体问题来表达。我想让读者朋友跟我一样，感受到工业发展对人类生活产生的积极影响，感受到科技创新、信息技术、自动化带来的巨大变化，感受到成千上万的同胞在一个现代化的工厂里面上班的和谐、从容和自豪。

在社会经济快速发展的大环境下，我们应该主动拥抱变革，刷新认知，在传承的基础上求得创新发展，跟上前进的步伐，不负于这个时代。在工业领域，当你深怀一颗感恩之心、温暖的心，感受作为一名产业工人身在工业领域并与之共同发展的美好，那是无可比拟的。

文化领域亦然。也许这就是一种担当。

龙小龙：新时代语境下实现工业诗歌

杨　莹

机器运转的轰鸣取代了人力劳动的汗水，物质的极大丰富伴随着新语词的飞速更新。“诗歌创作就像从事一件神圣而崇高的工程项目，一定是有知性的、智慧的预谋，而这个预谋是创作者内心自然而然的驱使，是用理性来将感性诉诸字里行间的过程，是长久积淀、认真思考、反复推敲，用诗性的语言准确地呈现的结果。”于龙小龙而言，如今“工业”一词的含义则更加丰富，它的出现总是与现代国家的建构密不可分，在其中寄托了中华民族的坚韧性格和不屈精神。

抒写民族工业发展

文学是社会活动的一面镜子。近年来，龙小龙创作的一批诗作因其以当下工业发展为题材和切入点而引人关注。将《新工业叙事》称作是“新工业诗歌”，这并不仅仅是一次诗歌主题的拓展，在“新”字背后，更是龙小龙对于“新时代语境下，工业何为”的思考。

“每一座制造工厂 / 必然有一幢建筑叫主控楼 / 就像每一个鲜

活的人体 / 都有一颗大脑，有丰富的神经中枢系统……”“自动化、信息化、智能化、智慧工厂是工业发展的必然趋势，在中国工业中，很多优秀企业已经走在路上。中国光伏产业成为世界名片，领跑全球行业发展。其上游晶硅生产企业，作为化工厂，通过科技创新、花园式打造等，已彻底颠覆了传统印象。”龙小龙告诉记者，“作为诗人，身处一个伟大的时代，抒写崛起的民族工业发展是一件自然而然、理所当然的事情。”《新工业叙事》这组诗主要从自身熟悉的工业企业细处着手，反映我国新时代工业发展过程中蓬勃向上、绿色规范的生态，表现新时代员工的新面貌。

“诗，要达到言志、状物、抒情的效果，一定要选择自己熟悉的事物入手，并要通过人与物的审视和对话，写出新意。”继2018年创作出《写意：中国工业园》（组诗）之后，龙小龙始终有种意犹未尽的感觉，他暗自给自己安排了一道任务，继续用诗歌抒写身边的现代工业。现实中还有不少人一提到化工就与毒害、污染等同起来。对此，龙小龙深感担忧，同时也更加坚定了他创作工业诗的决心。龙小龙坦言：“一定要用我的世界观，力所能及地发声。”此后，他便选择了“主控楼”“焊工场”“主控操作员”“关于毒性的认知”等具体内容进行表达。“我想让大家感受到工业发展对人类生活产生的积极影响，感受到科技创新、信息技术、自动化带来的巨大变化，感受到成千上万的同胞在一个现代化的工厂里面上班的和谐、从容和自豪。”

创作出属于人民的诗

“诗是从生活的沙土中淘洗、提炼出来的珍珠，所以我珍惜每一首自己的作品，所以我坚持向下，再向下，力争抵达生活的本源。是诗，就应当闪烁智慧的光芒。”

初见龙小龙，蓝色的立领衬衣，深蓝色西裤，和想象中的文艺男形象有些不一样。他的胸前挂着一个工作牌，上面写着——主编龙小龙。

“你好，龙主编。”

“哈哈，我只是打工服务的。”

出生在川北农村的龙小龙，父母都是农民。面朝黄土背朝天，日出而作日落而息。龙小龙回忆，很小的时候，父亲去外地干体力活儿，回家时给他买了一双“川中”牌棉线袜子，结束了他大冬天光着脚板去上学的日子，那种无限温暖的感觉，至今难以忘记。

“父母供我念了高中，我学会了种植语言文字，让文字开出淡雅的小花朵。”对文学的热爱，缘于龙小龙出生在那个全民热爱文学的时代。“从小学到初中，班上订阅了一些刊物，让我有机会吸取更多文学的养分。”那时的阅读面其实很狭窄，能接触到的有《南充日报》《四川农村日报》《第二课堂》，以及后来的《语言文字报》《星星》等刊物，偶尔有“豆腐块”发表，深受激励的兴奋之情无以言表。由于家庭原因，高中毕业后，龙小龙主动辍学回家，在乡里代课。其间，他仍旧坚持诗歌创作。

1992 年，他第一次跻身“打工者”队伍。“当时沿海一带工业发展散发出来的魔力让人难以抗拒，我也按捺不住跃动的心，洗脚上田坎，汇入了滚滚‘打工潮’。”龙小龙感言：“很多时候，我为自己逃离了尘世功利的诱惑而感到幸运不已。”随着对诗歌的热爱及对现代诗歌之艺术性和创作手法的理解越发深透，诗歌成为龙小龙生命中不可或缺的一部分。”

“龙小龙的‘新’在于，他在有意识地把与工业相关的一切，还原为一方场景、一串动作、一处细节、一块话语和呼吸的场域——或者说，一种真实的日常。”青年评论家李壮曾这样评论，组诗《新工业叙事》的“新”，还在于情感的介入方式。这些诗写的是现代工业里的“旧物”，然而正是在时光奔涌而过的历史沉积带上，诗人找到了新的感受和深情。也正是在这种旧日经验的夕光映照下，人与他所书写的对象真正融为了一体——在平和中，在静默中，如同两位老友在晚饭前肩并肩坐在公园长椅上。这种意境，或许正意味着工业主题在汉语诗歌的世界里，又打开了新的空间。

告别故土，揣一把泥土上路

回顾龙小龙早期的作品，会发现在他的精神世界里存在着三种力——“明智、力量和运气”。而运气至为重要。运气是人生的“惊与喜”，路途上许多的运气叠加在一起，也就成为了命运。

与同时坠地的病魔无声搏斗、母亲的离世、家庭的变故，命运就像是上帝在向龙小龙开的玩笑，令他时而幸福，时而坎坷，时而窒息。

2008 年，工作稍微稳定后的龙小龙趁着网络诗歌兴起，重新提笔。“诗歌非但不会与生活发生冲突、影响工作。相反，诗歌和文学的爱好有助于调剂枯燥的工作，激活思维，开启心智。”先后在几家大型民营企业做人事行政管理和文化营运的龙小龙，业绩都还不错。因为工作原因，龙小龙后来调动到银川、哈尔滨、包头等地。“回家相对不是那么容易的事了，每次回家，先到成都然后转车南充，心里便开始狂跳起来，仿佛已经到达家门口，闻到了久违的熟悉的芳香。”

十多年来的历练，成就了龙小龙坚韧内敛的性格。“感谢这些年打工历程，让我走遍了大江南北，领略了祖国的山山水水。这种云游，比唐朝李白幸运几千倍。”每到一处，便写下一点文字，表达内心的感受。

马蹄声总是在白天消隐，在黄昏出现。就像千年的马灯挂在半空，点燃熄灭的落日。白天的喧嚣中，马蹄给各种巨大的声响充当了配角。当四野沉寂，马蹄声便成为大地的主角，一声紧接一声渐次冒出来，如春天花朵的绽放。(《马蹄声碎》)

高音，如滚滚雷声轰鸣，振聋发聩 / 低音如一条巨龙潜藏在地心 / 酝酿一场春天的革命 / 而发出沉吟 / 是蓝天下金质的混响 / 是麦芒上大片阳光爆裂的宣言 / 是九曲回肠的船夫号子是从母亲臂弯中滑落入梦的半岛乡韵。(《倾听黄河》)

“一个写诗者，用他那颗充溢着真、善、美和爱的诗意灵魂，行走在古老而神秘的广袤大地上，抒写着和他的诗一样优秀的人生历程。”作家周占林曾这样评论，龙小龙的诗集陪我走过了诸多地方，从北方满族发源地之一的辽宁清原，到神秘的青藏高原，从汹涌澎湃的大海之滨，到辽阔壮美的大草原。只有走进了他的内心世界，才能了解一个走南闯北的男人肩负着一种怎样的责任。

许多评论家把当下的社会叫作“尴尬”的时代，快餐式的文化流行，让传统的文学离这个世界越来越远，喧嚣的日子里，能静坐下来，用朴素的语言抒写诗歌者亦越来越少。而龙小龙就是一个能坐下来的诗人，能于喧嚣中静下心写诗的人，他用诗抵达生活的本源，抵达人性的感悟。

平民情结，做一个自由行走的人

“我是一名普通的行者，文字自然有较强的平民情结。”

于龙小龙而言，诗歌是从内心回馈给现实或梦想的礼物。

他的写作似乎没有定式。“我不属于任何派别，或者说，对于诗，我还是一个起步者。”

“我常常把一些感觉写成文字，一个人能够用文字把生活的体验表达出来，真是一件快乐的事情。”生活中的龙小龙喜欢自由洒脱，不希望用条条框框将自己约束起来。“写作也如此。我始终认为，既然人是一个有血有肉有情感的个体，在各种诉求、思想、意愿的表达上也应不脱离本体。对于事物的表达，只要能表达出真实的内心感受就达到了起码的目的。”

诗人何燕子曾在《你在我心里花开不败》中点评，龙小龙是一个诗意行走的人，无论生活的奔走和压力有多大，却始终飘扬着诗性的旗帜。浪迹的生活，有无奈和消沉，更有觉醒和抵抗。诗人以无比热爱的心去接受生活所给予的一切，努力伸出头来，感悟青山的行走和两岸的花香鸟语。“因此，品读他的诗，探究其奋斗的心路历程，在淡淡的忧郁里有着阳光的味道。”

龙小龙笑言，“确实，我是一个自由行走的人。这其中有许多含义罢。”不忘初心，继续。我手写我心。在工作之余，还是要加强学习，积极写作。尤其反应新时代工业方面的，争取出一本诗集。

龙小龙和他的新工业叙事写作

周维强

对于龙小龙来说，2018年和2019年都是值得铭记的年份。《诗刊》2018年4月上半月刊和2019年7月下半月刊分别在头条位置发表了他的组诗《写意：中国工业园》和《新工业叙事》，两次在头条推出同一个作者的组诗，在《诗刊》的办刊史上，也是不多见的。足见，刊物对诗人以及诗歌创作的重视。

两组诗歌，十四首诗，像夜空的繁星，闪烁着美学的光芒。

关于这两组诗的发表，龙小龙是这样说的："我认为，诗歌创作就像从事一件神圣而崇高的工程项目，一定是有知性的、智慧的预谋，而这个预谋是创作者内心自然而然的驱使，是用理性来将感性诉诸字里行间的过程，是长久积淀、认真思考、反复推敲，用诗性的语言给予准确地呈现的结果。"

偶然中暗含着必然，必然中夹杂着偶然。

读龙小龙的诗，十余年了。十年前，他在博客上贴诗，晒发表的成果，十年后，他这个写作习惯依然如此，新创作的诗作，第一时间贴在博客里，发表的作品，也是第一时间把报刊封面目录贴在博客上。所以，了解龙小龙的文学创作，只需要浏览他的博客即可。龙小龙写的诗歌大都是短诗，词语的意象繁复，能够抓住生活的细节，观察仔细且诗心敏感，在词语的跳跃间觅到一种令人动容的情愫。他工作在企业，写下的诗歌自然离不开那机器的轰鸣声，阔大的厂房厂矿，以及劳作的场面。

《写意：中国工业园》和《新工业叙事》这两组诗歌，与其说是诗，倒不如说是龙小龙的生活心灵笔记。他用心用情感受着火热的生活，然后沉淀思绪、记录思考，成诗，一气呵成。这两组诗歌的发表，给龙小龙带来了不少的声誉，《诗刊》也邀请了名家做了正方和反方的论述，无须赘言。笔者结合对诗人诗歌多年的阅读经验，以及当下诗歌创作的一些现象，谈一些个人的浅见。

首先，诗人应该怎样让情感切入生活，并从生活中提炼诗意的创作因子。和龙小龙有同样生活经历或者相似生活经历的诗人应该不在少数，为何大家对当下的现实生活没有真切的感受，或者熟视无睹？哪怕与现实生活发生一次灵魂的共振，我想，写出无愧于时代的好诗，都是可行的。龙小龙的新工业叙事写作不是简单的描摹和呈现，他是胸怀一腔热血，带着诗人的温情，去感受一线工人的劳作，或者诗人本人就是在场的劳动者，用笔记录下诗意的文字。像《工匠精神：一双手》“我要写到一双手 / 是它，把原野里分散的沙粒汇集在一起 / 放进熔炉里整合 / 完成了一次次灵魂和品质的重塑 // 是它剔除了那些管道里的锈迹和霾尘 / 去除了不合时宜的因子 / 使空气格外清新，大地呼吸均匀 / 江河的血液畅行无阻 // 淬炼阳光的手 / 让冷硬的生命发光发热的手 / 一双手，让伟大诞生于平凡的缔造者 / 一尊立体的雕塑”，诗人将视角着眼在“一双手”，一双劳动的手，一双不平凡的手，一双可以创作幸福生活值得讴歌的手，写出了平凡中的伟大。艺术来源于生活，而又高于生活，如何让生活成为艺术的来源，除了诗意地去挖掘，再就是用灵魂去谛听，用心去凝视。

其次，诗歌如何从现实观照中发现诗意的永恒，继而写出震撼人心的诗作。翻遍各大专业诗刊和文学刊物，我时常会觉得审美疲劳。很多诗人对于当下生活的感知，还停留在十年前，所写的乡村依旧是十年前的生活经验。我想读或者说想看到的真实地带有新鲜生活气息的诗作，却很难觅到。从这个角度讲，龙小龙的新工业叙事写作，犹如为当下的诗歌创作，推开了一扇窗子，从一个全新的视角可以去解读我们的生活。

王学东的评论，我非常赞同，他说，这组《新工业叙事》为我们刻画了一幅较为鲜明的“新工业”的诗歌图景。而让我们理性地面对“新工业”，并诗意地透视“新工业”的诗歌，这在当代诗歌中还是为数不多的。进而在“新工业”之上，诗人也让我们看到了构建我们时代“新工业抒情诗”的可能，这就更不可多得了。然而，当代诗歌中“新工业叙事”这样一种强烈的现代诉求，如何融合更为宽广的社会，透视出更为复杂的精神与灵魂，这需要长时间的探索与努力。同样，如何写出更为有效、更有诗性、更有个性的“新工业抒情诗”，也需要更为精确、更为理性，以及更为博大的艺术实践。

最后，我想说的是，真正的好诗一定是来自我们熟悉的生活。揭开生活的面纱，一窥现实的究竟。与生活的真实保持平行的同时，让生活的气息融入血液中。让内心的悲悯与时代的发展共振，让诗心与外在的发展共振，同时，还要让诗心保持锐利的探索。

龙小龙的新工业叙事写作，为当下的诗歌写作提供了有益的模本。他让工业题材有了新的探索和写作方向，同时，他的诗歌写作在寻找到自我突破口的同时，也让我们看到了一个诗人所坚持的立场和态度。

龙小龙自己也说，诗，要达到言志、状物、抒情的效果，一定要选择自己熟悉的事物入手，并要通过人与物的审视和对话，写出新意。对于大题材，我喜欢宏观思考而微观着手。比如工业问题，随着我国安全环保工作的强化，工业企业越来越规范，越来越发挥主体责任，越来越多地走上自动化、信息化、智能化道路，这是不容置疑的事实。

龙小龙的工业叙事诗写作，站在一个新的制高点去俯视现代社会的发展，为当代文学贡献了诗歌写作的文本。他的诗歌擂响了抒情诗写作的最强音，同时，他也找到了写作的一口深井，我相信，继续深挖下去，他会写出更好的佳作，也会被更多醉心的诗句所包围，而欣喜不已。

（原载《沫水》2019 年秋季号）

呼唤新工业抒情诗

王学东

诗人们总是在不断地追求要坚实地介入生活，呼吁要紧紧地拥抱这个时代，要有涌动的生命感，这背后到底意味着什么呢？那么，当下我们的生活究竟是什么？我们有着怎样的个体生命感？我们又需要怎样的诗歌呢？要回答这些，意味着我们必须首先要对时代精神有宏大而深远的历史考量。龙小龙的这组诗歌《新工业叙事》所彰显的“新工业精神”和“新工业抒情”，无疑对我们当下诗歌的“时代精神”的表达，有着独特的启示。

在这组诗歌中，我们感受到了诗人所凸显出来的一种独特而鲜明的“新意识”，这就是对“工业”这样一个时代主题的诗意显现与透视。这不仅让我们看到了当代诗歌一种新的别样的诗歌主题的开拓，也让我们看到了当代诗歌建立一种“工业诗歌”的可能。如在《再见了，烟囱》中，诗人写道，“父亲曾经说 / 哪里的高烟囱多，哪里的烟囱在冒烟 / 就说明哪里的工业最发达”。此时，诗人从对父亲的描述展开，进而他对整个世界理解与建构的观察点，就是坚实地建立在“高烟囱”这一个极具强烈现代感的意象之上，并由此将“工业最发达”这种对“现代化”期盼和诉求融入到了诗歌写作之中。将“诗歌”与“工业”融合，正是《新工业叙事》这组诗歌彰显出来的独有的诗歌意识。众所周知，十八世纪开始的工业革命，带来了社会结构、生存方式与人的内在精神的翻天覆地的变革，有人就认为工业文明是传统农业文明的终结者，人类社会发展史进入到了一个全新的时代。而二十世纪以来，更可以说是一个以“机器”笼盖一切波澜壮阔世界的工业文明时代。在这个时代，“机器”等工业文明处处在燃烧，在文学中已经形成了一个庞大的“工业文学”思潮。马里内蒂看到了现代工业文明、科学技术对现代社会的转折性意义，萨莫贝特尼克“颂扬铁的救世主，勇士的新时期！”，在文学中赞扬工业大生产，彰显对技术和科技的强烈信仰。而在中国语境中，我们与工业文明，特别是“钢铁”的相遇就较为复杂，即使是当下的“打工文学”，以一种凌厉的批判锋芒对准了“工业”，难以与“工业”展开真正有效的对话。由此，在这组诗歌中，诗人借“父亲”之口，将“工业”作为理解当下社会建构的一种基本视域，以及作为我们生命存在的一种基本常态，来展开我们对世界的诗学想象与思考，这是有着非常重要的意义的。

实际上，“钢铁般”的“工业精神”早已渗透到了世界艺术中，并且已铸就了一批不朽的作品。但这组《新工业叙事》对“工业”的呈现，却为我们书写出工业时代的“新”的历史巨变，呈现为对“新工业”的抒情，让我们看到诗歌中“工业”书写“新”的可能。同样，在《再见了，烟囱》一诗中，诗人对“工业文明”的历史变革的展现，就有一定的历史感，透视到了“工业文明”宏大的历史变迁。这在当代“工业诗歌”的书写中，便有了一种较新的“新工业意识”。回顾相关的“工业之诗”，当我们的写作还在质疑“坚硬的钢铁”、批判“冰冷的工业”的时候，诗人却已经开始进入到一种对“工业”本身历史的漫游与观察，这应该是当代诗歌在“工业书写”中不可多得的一个收获。

进而，在“新工业”的新意识之上，这组诗歌还显出了一种独特的诗歌精神，即将浓烈的科学精神和理性意识灌注在当代诗歌的肌体之中，成就了一个较为特别的“新工业叙事”。如《这些工匠们》中，呈现出较为丰富的精确、程序、效率等“理性诗意”，这就有了一种别样的诗歌精神。更为重要的是，由于有了科学精神与理性意识的“工业之思”，诗歌中的世界，就需要“重新定义”。在“工业之思”之下，不只是社会结构、现实生活有了重新定义，而更重要的是个体生命也获得了重新定义。另外，还值得注意的是，诗人的书写虽然建立在轰轰挺进、尖锐而又激烈的“工业”巨变的基础上，但同时诗人却又试图从“农业文明”的审美起航，为“工业”，为“未来”，重铸诗意。在《主控楼》中，我们看到诗人紧紧地拥抱“新工业”的时代脉搏和现实存在，又让“工业文明”与“农业文明”重新相遇展开有效对话，进而力图激发出“工业诗歌”的新诗意。这对于我们如何在传统“意境”伟大召唤之下，参与“新工业叙事”的建构，应该说也是有借鉴意义的。

总之，这组《新工业叙事》为我们刻画了一幅较为鲜明的“新工业”的诗歌图景。而让我们理性地面对“新工业”，并诗意地透视“新工业”的诗歌，这在当代诗歌中还是为数不多的。进而在“新工业”之上，诗人也让我们看到了构建我们时代“新工业抒情诗”的可能，这就更不可多得了。然而，当代诗歌中“新工业叙事”这样一种强烈的现代诉求，如何融合更为宽广的社会，透视出更为复杂的精神与灵魂，这需要长时间的探索与努力。同样，如何写出更为有效、更有诗性、更有个性的“新工业抒情诗”，也需要更为精确、更为理性，以及更为博大的艺术实践。

（原载《诗刊》2019 年第七期）

新时代的新工业诗歌

李　壮

《诗刊》2019年第7期发表了龙小龙的组诗，题目叫《新工业叙事》。一个“新”字，是这组诗的灵魂与精髓。

坦率说，工业（以及与之相关的人、物、行为方式）作为对象，在生活经验领域已不新奇。我们的国家早告别了落后的小农社会，厂房钢铁这类现代文明的经典标识，已很难制造出认知层面的刺激。工业题材进入诗歌也非罕有。从郭沫若当年把轮船黑烟称作二十世纪的黑牡丹，到建国初期工业意象与革命建设的想象连通，再到近年来“打工诗歌”里呈现的那种人与物、人与系统对撞时的令人惊心的刺痛感，工业题材在现代汉语诗歌的记忆中其实自有谱系、并且标识下了各自的艺术高度。

龙小龙的“新”在于，他在有意识地把与工业相关的一切，还原为一方场景、一串动作、一处细节、一块话语和呼吸的场域——或者说，一种真实的日常。从工装的颜色认同（《主控操作员》），到劳动之手的粗细辩证（《设备工程师》），乃至工作设备的自然代谢（《老旧的转运车》），都真实地出现在诗作中，波澜不惊又不无趣味。而在对日常的关注和描述中，龙小龙为我们呈现出了修辞的魔术转换。仪表盘符号与控制管道间既隐喻又实体的勾连，是“阡陌纵横的经脉流淌着神奇的介质”（《主控楼》）；原材料被切割又重新焊组的寻常过程，则对应着“平面的梦变成了立体的现实”（《焊工场》）。

这组诗的“新”，还在于情感的介入方式。今天，当现代工业生产与每个人的日常生活都构成了深度交融、而这种交融又多幻化入无形以致令我们习焉不察，简单的、基于抽象理念的、硬碰硬式的赞美或控诉，其实都已经显得不够。因此，更进阶的要求或许是，诗人要像传说中的古代铸剑师“以身祭剑”那般，把主体的情感和生命记忆倾投进铸炉里去，并将那可塑性极强的混合熔化物浇筑进历史的审美谱系之中。在此意义上，我尤其欣赏《老旧的转运车》《再见了，烟囱》等几首。一次物理性的报废、一种功能项的消失、一系列生产方式的转型，背后是进步、也是离别，有时代的发展，也有个体的老去，其实包蕴着特别深沉的情感体验，甚至勾连着几代人的生命往昔。这些诗写的是现代工业里的“旧物”，然而正是在时光奔涌而过的历史沉积带上，诗人找到了新的感受和深情。也正是在这种旧日经验的夕光映照下，人与他所书写的对象真正融为了一体——在平和中、在静默中，如同两位老友在晚饭前肩并肩坐在公园长椅上。这种意境，或许正意味着工业主题在汉语诗歌的世界里又打开了新的空间。

（原载 2019 年 8 月 30 日《文艺报》）